선우 올리브 북스 **008**

풍 경 이 있 는 테 마 에 세 이

파피꽃 언덕
Poppy

선우 올리브 북스 ⑧

파피꽃 언덕

1판 1쇄 발행 | 2011년 4월 15일

지은이 | 김문희
펴낸이 | 이서우
펴낸곳 | 도서출판 선우미디어
사   진 | 주일용 外

등록 / 1997. 8. 7   제300-1997-148
110-070 서울 종로구 내수동 75 용비어천가 1435호
신성빌딩 403 ☎ 2272-3351, 3352 팩스: 2272-5540
E-mail: sunwoome@hanmail.net
Printed in Korea ⓒ 2011. 김문희

값 7,000원

※잘못된 책은 바꿔 드립니다
※저자와의 협의하에 인지 생략합니다

ISBN 89-5658-127-4 03810(세트)

파피꽃 언덕
Poppy

미국에서 그려보는 서정

김문희

선우미디어 sunwoomedia

미국에서 그려보는 서정

미국에서 이민의 삶을 시작한 지 30년이 넘었다. 이민의 삶이란 각 개인이 가진 환경이나 여건에 따라 다소 차이가 있겠지만 이 수상들은 로스앤젤레스에서 살면서 산호세, 샌프란시스코, 맘모스레이크 등을 오가며 느꼈던 내 삶의 편린들이다.

이 글들은 이민의 삶 속에서 상실되려는 내 고유의 서정을 지켜내려는 작업이고 내 문학적 서정과 함께 이민이라는 삶에 맺힌 슬픔이기도 하다. 또한 문화 상실감을 극복하려는 잠재의식의 결과인지도 모르겠다.

삶의 연륜이 더할수록 깨달음의 폭도 확장되기 마련이겠지만, 요즘 같이 현실에 얽매인 상태에서는 어떤 가치나 아름다움도 이룩할 수 없다는 생각이 든다.

집밖에 나와 보면 낯선 사람들을 만나게 되는데 이들은 나에게 새로운 것을 깨닫게 해주기도 한다. 자연의 아름다움을 새롭게 발견하는 즐거움도 있지만, 미국인들의 사고방식이나 삶에 눈을 뜰 수 있는 좋은 기회이기도 해서 미국에서의 삶을 테마로 잡았다.

끝으로 수필세계를 써주신 맡아주신 정목일 한국문협 부이사장님과 예쁜 책으로 펴내어주는 선우미디어의 이선우 선생께 큰 고마움을 전한다.

2011년 4월

로스앤젤레스에서   김문희

파피꽃 언덕
Poppy

김문희

차례

아침마다 듣는 새소리지만 매일이 다르다.

여름날 아침의 새소리는 소낙비처럼 시원하고, 겨울 아침의 새소리는 산타클로스의 사슴이 울리는 방울 소리처럼 싱그럽다. 또 봄날 아침에는 갓 피어난 안개꽃처럼 부드럽고 자욱한가 하면, 가을 아침에는 먼 광야를 건너며 불고 가는 바람 소리처럼 가슴에 애수를 불러일으킨다.

돌아온 아침 새소리

그것은 처음에 아주 가늘고 세미한 음성, 다시 말하면 왜오라기 명주실같이 가늘고 부드러운 음률로 시작한다. 그것은 꿈결과 현실의 경계선에서 만나는 의식의 우윳빛 한계 같기도 하고, 어둠을 헤치고 동녘 산그늘 위로 차츰 나타나는 여명의 여린 빛깔 같기도 하다.

아침 새소리는 그렇게 시작한다. 그러나 초봄의 싸늘한 아침 6시쯤이면 벌써 숲의 새소리는, 쏟아지는 폭포 물소리처럼 자욱한 교향악이 되고, 유리창 틈을 지나 커튼 사이를 헤집고 아침 실내로 넘치듯 들어온다. 작고 얇은 '순은의 종'이 울리는 소리 같기도 하고, 아득한 해안에서 들려오는 해조음을 듣는 것 같기도 하다.

나의 아침 잠은 그 맑고 아름다운 새소리들에 밀려서 엷어지다가, 마치 높은 산봉우리에 첫 햇살이 번지듯 첫 하루의 현실이 눈 떠진다.

아침마다 듣는 새소리지만 매일이 다르다.

여름날 아침의 새소리는 소낙비처럼 시원하고, 겨울 아침의 새소리는 산타클로스의 사슴이 울리는 방울 소리처럼 싱그럽다. 또 봄날 아침에는 갓 피어난 안개꽃처럼 부드럽고 자욱한가 하면, 가을 아침에는 먼 광야를 건너며 불고 가는 바람 소리처럼 가슴에 애수를 불러일으킨다.

어느 때 나는, 아침 잠에서 깨어난 채 누워서 한동안 새소리를 들으며, 정말 저 새들은 무슨 의미로 저토록 지저귀는 것일까를 상상해 보곤 한다.

하루 삶을 위해서 출근을 서두르는 남편새와 등교하는 아이새들, 그리고 그들을 준비시켜 내보내는 아내새의 바쁜 아침 대화일까? 아니면 밤새 침묵 속에 가라앉아 있던 목소리를 틔우는 음정 조절일까? 그도 아니면,

"너 일어났니?"

"잘 잤니?"

서로서로 가볍게 나누는 아침 인사들일까?

투명한 아침 대기를 잘게 쪼며 들려오는 새소리는 어느새 내 육신의 세포들 하나하나가 열리고, 모세혈관들이 일을 시작하고, 맑고 개운한 기운을 솟아오르게 한다.

머릿속은 정한수에 씻은 듯 말끔해지고 마치 무중력 상태의 우주인처럼 가볍게 잠자리에서 일어나는 것이다. 그리고 지체 없이 창문을

열고 신선한 아침 공기를 폐부 깊숙이 들이마시고, 마치 만세를 부르 듯 기지개를 켠다. 이렇듯 아침의 작은 새들과의 상면은 도시 생활에 젖은 피곤한 내 삶에 자연의 숨결을 느끼게 하는 유일한 창구였다.

그런데, 언젠가부터 새소리가 떠나가 버렸다. 말하자면 나의 아침 의 유쾌한 시작, 혹은 내 하루의 창세기가 사라진 것이다. 그것은 옆 집에 새로 이사 온 스칸디나비아계 사람으로 보이는 우람한 체구와 빛나는 금발의 부부가 데리고 온 어마어마한 다섯 마리의 개들 때문 이었다.

내가 2층 창문에서 건너다 본 그 개들은 기름이 반들거리고 근육으 로 뭉쳐진 듯했고 크기가 송아지만 했다. 이 침략자들은 짖거나 소리 도 내지 않았다. 다만 그 집과 우리집 뒤뜰로 연결된 언덕의 잡목 숲 을 마치 수색작전을 펼치는 특수부대처럼 씩씩거리며 휩쓸고 다닐 뿐 이었다. 그들의 서슬 퍼런 경계 작전에 놀란 새들이 일제히 어디론가 사라져버린 것이다.

나는 한동안 난감하였다. 아침마다 비탈진 숲을 휩쓰는 다섯 마리 의 개들의 긴박감 도는 씩씩 소리를 들을 수 있을 뿐, 여리고 평화로 운 새소리를 듣는 것은 단념해야 할 것 같았다. 초조하고 짜증이 났 다. 무거운 아침 침묵에서 눈을 뜨는 순간부터 가장 소중한 무엇을 놓친 것처럼 허전하고 답답했다.

갑자기 들이닥친 침략자들 앞에서 무참히 짓밟힌 새들의 낙원을 어떻게 다시 회복할 수 있을 것인지를 곰곰이 생각했지만 뾰족한 수가 없었다. 엄연히 울타리 안에의 다섯 마리 개의 사육은 합법적이고 또 그들의 권리였다. 그러나 나는 어떤 가능성을 향해서 문 두드릴 기회를 기다렸다.

퇴근 무렵, 마침 우리 집과 그 집의 입구 사이에서 예의 금발의 부인을 만났다.

"하이!" 내가 가벼운 미소로 아는 체를 하자 그녀 역시 기다렸다는 듯이 반색을 하면서, 'Hi! How do you do?" 하며 내 손을 덥석 쥐면서 반가워했다.

"당신이 이사 온 게 참 기쁘고 우리 서로 잘 지내자."고 말했더니 덩달아 그녀는 "Great! Great!"를 연발했다.

나는 벼르어오던 기회였으므로 재빨리 말했다. "당신 집의 다섯 마리 개들이 참 인상적이다. 당신도 개에게 관심이 있느냐?"고 물었다. 나는 모든 동물에 관심이 있고 특히 내 어머니는 한국에서 세 마리의 개를 기른 적이 있다고 말하면서 그러나 요즘의 나는 숲에서 야생으로 자라는 새들의 노랫소리에 취해 있었다고 말했다. 그녀는 "Wonderful! Wonderful!"을 연발하더니 어째서 자기는 새소리를 들을 수 없었는지 모른다고 했다.

"글쎄 나도 요즘 새소리가 들리지 않아서 궁금하다."고 말하면서 우리는 가볍게 손을 흔들고 헤어졌다.

그 후 한 열흘이 지났을까? 오후에 잠깐 나갔다가 돌아오는데 마치 기다렸다는 듯이 그녀가 나에게 손짓을 하며 다가왔다.

"당신처럼 새소리를 들을 수 없는 이유를 알았다."면서 며칠 후면 당신과 내가 새소리를 들을 수 있을 것이라고 말하는 게 아닌가!

어찌된 거냐고 묻는 내게 자기 집의 다섯 마리 개는 로스앤젤레스 같은 도시에서 사육하기가 너무 부적당해서 베이커스필드 근교의 과수 농장에서 살고 있는 사촌집으로 보내기로 했으니 우리의 뒷숲 새들이 곧 돌아올 것이라고 했다.

나는 그때 진심으로 그녀의 호의에 감사했다. 저녁에 나는 약간 시간이 지난 갈비들을 냉장고 청소 겸 꺼내서 구워들고 그녀네 현관문을 두드렸다.

"당신의 집 다섯 마리의 개들에게 내 우정을 표하고 싶다."

의아한 표정으로 나를 맞는 그녀에게 말하면서 갈비를 전했다. 이번에는 그녀가 진심으로 고마움을 표시하는 것이었다.

이렇듯 우여곡절을 겪고는 비로소 우리집의 뒷숲 조류보호구역은 다시 평화를 되찾았다.

오늘 아침도 나는 느긋이 누워서 이른 아침의 새소리를 듣는다. 그것은 마치 말없는 나무들의 겨드랑이를 간지럽히며 뛰어다니는 어린 새들의 이른 아침 웃음소리임에 틀림이 없었다.

나는 그때마다 한마디 입 속에서 중얼거린다.

"Thank you Mrs. Dunkun! 그리고 돌아온 새들아!"

맘모스레이크, 그 통나무집의 안개

로스앤젤레스에서 5시간 운전해서 만난 맘모스레이크의 숲은 안개 속 어둠에서 꿈틀거리는 용마의 모습이었다. 캘리포니아 모하비 사막을 남북으로 뻗어있는 395번 도로를 달리다보니 어스름 저녁이 되고 있었다.

갈증의 세월이 바위로 쌓여 있는 모하비 사막을 지나 그 사막의 끝에 이르면 쌓이고 쌓인 절망이 소금으로 남아 있는 소금바다를 만난다. 멀리서 바라보면 다이아몬드처럼 빛나 허겁지겁 달려가 보면 짠물이 질척거리는 속에 소금 덩어리들이 여기저기 굴러다니고 있어 우리네 행복도 멀리서 보면 다이아몬드 같고 가까이서 보면 한낱 돌멩이였다는 평범한 진리가 가슴 한쪽에 자리한다. 어떠한 이름도, 어떠한 욕망도 깨끗이 표백되는 곳.

달려온 세월이 비로소 멈추는 죽음의 계곡, 데스벨리에서 나는 사람도 잠시 지나가는 철새라는 생각을 한다. 저녁해는 흐린 하늘 속에

달려온 세월이 비로소 멈추는 죽음의 계곡, 데스벨리에
서 나는 사람도 잠시 지나가는 철새라는 생각을 한다. 저
녁해는 흐린 하늘 속에서 희미하게 빛을 흩어 내리고 있
었다.

서 희미하게 빛을 흩어내리고 있었다.

올드 맘모스 시내를 향해 들어가는 203번에 이르자 시야가 뿌옇게 흐려지더니 안개가 뭉게뭉게 밀려왔다. 반대편에서 달려오는 차에 밀려나 조금씩 걷히기도 했으나 금방 지척을 알아볼 수 없을 정도로 덮여 버렸다. 달리면 달릴수록 안개의 중심으로 들어가는 듯 농무는 더 심해졌다.

반대편에서 이따금 헤드라이트가 유령의 불처럼 나타났다가 차체만 겨우 내보이며 뒤편으로 사라지곤 하였다. 천지사방 안개뿐으로 아무 것도 보이지 않는, 외부와 단절된 채 미궁 속으로 빠져드는 것 같은 기분이 들었다.

김승옥의 소설 〈무진기행〉이 연상되는, 나아가도 여전히 안개세상이었다. 내리막길을 갈 때는 차가 마치 심연 속으로 들어가는 길처럼 회색의 포장도로가 아래를 향해 걸쳐져 있어서 세상의 밑바닥으로 내려가는 듯했다.

내게 익숙한 우리 통나무집이 있는 길로 들어서자 안개가 한 켜씩 껍질을 벗고 있었다. 지난 가을에 노랗게 단풍이 들어 미풍에도 파르르 떨던 은사시나무 길을 「가을 문학 캠프」 때 함께 다녀온 40여 명의 문인들은 '노란 궁전'이라 이름 붙이며 "와우− 햐−" 하며 탄성을 터트렸었다. 2박 3일의 캠프를 다녀와서 문학기행을 『재미수필』 9집에 특

집으로 엮어내기도 했다. 「가을 문학 캠프」 때 초청강사로 오신 수필가 정목일 선생과 시인 노향림 선생으로부터 '자연 그 자체가 수필이고 시'가 아니겠냐고 '숲속의 정취에 빠져 황홀하기까지 하다'며 맘모스레이크의 아름다움을 느끼게 해주어 고맙다고 별도로 인사까지 받았었다. 지금 그 은사시나무는 허공을 향해 앙상하게 가지를 뻗치고 눈을 감고 있었고, 가지마다 맺힌 안개가 얼어붙어 마치 얼음 조각이 날카롭게 다듬어져 서 있는 형상처럼 보였다.

문을 열고 들어가 우선 베란다에 산더미처럼 쌓여있는 장작을 가져와 벽난로에 불부터 피웠다. 매캐한 연기와 함께 가을 숲, 그윽한 향기가 번져 나왔다. 들어올 때 보니까 건넛집 주차장에 몇 년 간 가까이 지내던 백인 할머니네 작은 캠퍼스타일의 왜건이 서 있었다.

전화를 거니 예의 그 밝은 웃음과 함께 어서 와서 차 한 잔 하자는 초청이었다. 저녁을 먹고 가겠다는 약속을 해놓고 글렌데일 집에서 담아온 김치와 밑반찬을 꺼내놓고 준비해온 갈비를 굽는다.

저녁식사가 끝나고 그녀가 좋아하는 갈비를 구워들고 초인종을 눌렀다. 'Hi!, Moon' 하며 포옹으로 반갑게 맞이해준 그녀는 차이코프스키의 바이올린 콘첼토로 CD를 바꾸어 주었다. 내가 좋아하는 음악으로.

"맘모스에 들어설 때 그 안개 무섭지 않았어요?" 내 질문에 그녀는 이렇게 말해 주었다. "나도 조금 전에 도착했어요. 그냥 기다려요, 나는. 차안에서 기다리며 멀리 있는 가족과 친구에게 엽서를 씁니다. '영원한 안개'는 없으니까요." 이 한마디는 나에게 또 다른 일깨움을 주었다.

사무엘 베케트의 〈고도를 기다리며〉에서 "회색빛의 무(無)가 밤 속으로 빨려 들어가고 이슬이 모여 서리가 될 때까지 차라리 기다림은 구도(求道)였다. 그마저 없다면 우리는 무엇으로 인간답게 우리를 지키며 무엇으로 진정한 삶이라고 부를 수 있으랴."라고 했다.

우리의 삶도 고도를 기다리기 때문에 미래가 있고 사람도 아름다운 게 아닐까.

언덕에 누워 한참을 그렇게 하늘을 바라보다가 고개를 돌렸을 때 바로 내 귀뿌리 곁 파피꽃들 사이에 아주 조그만 꽃이 있었다. 이름을 알 수 없는 꽃이었다. 아니 이름이 필요 없는 꽃이었다.

 김문희의 풍경이 있는 테마 에세이

파피꽃 언덕에서

꽃이 피어 있었다.

주황색의 꽃물결은 끝 간 데 없이 언덕을 휩싸 안아 버렸다. 불어오는 바람에 거친 억새풀들이 시끄럽게 몸을 흔들 때 여리디 여린 파피(poppy)꽃들은 하늘에서 내린 물감을 받은 듯 화사한 그 주황의 옷을 입고 하느작거렸다.

파피(poppy)꽃은 캘리포니아 State Flower(洲花)로 4월 초순에 피기 시작하여 중순에 그 절정을 이룬다. LA에서 동북쪽 팜데일을 향해 1시간 반 정도 달려서 Street 'I'로 나가면 온천지가 꽃 잔치인 파피꽃 Festival이 펼쳐진 곳과 만난다. 그 경이로움이라니….

햇빛이 안개처럼 자욱하게 내리는 주말 오후, 한국학교 아이들을 밴(Van)에 태우고 태평양 연안 바다를 끼고 북쪽을 향해 1번 도로로 달렸다. 한 주일 내내 학교와 집 사이 그 소란스럽고, 따분한 도시공간에 살아온 아이들에게 탁 트이는 하늘, 펼쳐진 바다, 파피꽃 언덕과

하늘이 한꺼번에 보이는 곳을 찾아 나온 것이다.

말리부 언덕에 영화배우들의 별장촌을 지나 나만이 아는 숨겨놓은 언덕. 길가에 차를 두고 아이들과 동산에 올랐다. 아이들은 벌써 산짐승처럼 뛰어다녔고 나는 바다가 보이는 등성이에 누웠다. 구름을 보고 그 너머 깊이를 알 수 없는 눈부시게 푸른 하늘도 보았다.

파피꽃은 바람 불어 날아온 씨가 땅에 내리면 싹을 틔워 고운 색깔 꽃잎을 피우는데 그치지 않는다. 꽃이 시들고 난 후에는 깨알보다 작은 씨들을 쏟아내고 그 씨는 식용유로도 시판된다. 한국에서는 아편이나 마취제로도 알려지고 있는데 유럽 중세시대부터 향신료로 음식에 더 많이 사용되는 꽃이 바로 파피꽃이다.

연두색 연한 줄기나 잎에서 나오는 하얀색의 진액이 모르핀, 코데인 등 약 25종류의 알카로이드 성분을 함유하고 있다니 모래처럼 잔잔한 씨이지만 영양적으로나 의료적으로 제법 유익한 게 아닌가.

언덕에 누워 한참을 그렇게 하늘을 바라보다가 고개를 돌렸을 때 바로 내 귀뿌리 곁 파피꽃들 사이에 아주 조그만 꽃이 있었다. 이름을 알 수 없는 꽃이었다. 아니 이름이 필요 없는 꽃이었다.

화려한 꽃가게에 팔려나갈 꽃도 아니고, 여유 있는 사람들의 정원을 꾸며줄 것도 아닌데 이름은 가져서 뭣에 쓴단 말인가. 그런데도 꽃은 피어 있었다. 그러다가 나는 그 작은 꽃의 무서운 냉소를 보았다.

그것은 무서운 냉소라기보다 측은하고 동정하는 눈길이라는 생각
도 들었다. 꽃은 살몃살몃, 그러나 또박또박 분명히 말했다.

"나는 말이야. 속 좁은 사람을 위해서 핀 꽃이 아니란다. 나는 우주
를 위해서 핀 꽃이야. 하늘을 위해서, 바다를 위해서, 구름을 위해서,
바람을 위해서, 나무와 풀잎들을 위해서 피었단다."

"교장선생님! 왜 말이 없어요? 화났어요?"

돌아오는 자동차 안에서 아이들이 내 눈치를 살피며 물었다.

"아니− 나는 오늘 작은 꽃하고 싸웠단다."

"왜요?" 남자애가 물었다.

"졌어, 내가."

"피, 그까짓 꽃 왜 꺾어버리지 않았어요?"

꺾다니? 저 어린것들도 벌써부터 꽃에 지고 있는가 하는 생각이 들
었다.

작은 꽃은 계속 말했다.

"내 이름은 그냥 꽃이야. 우주 속에 나오면 이름은 필요 없어지지.
나무는 나무이면 되고 바위는 바위, 시냇물은 시냇물, 그 이상의 이름
은 필요 없단다. 사람도 그 속에 사람일 뿐이지."

꽃은 또 말했다.

"사람들은 얼마나 딱하니? 저마다 이름을 달고 뽐내지만 자세히 보

면 뭐가 다르겠니."

　나는 꽃의 이야기를 더 들을 수가 없었다. 그 작은 꽃은 연약한 것이 아니었다. 아니 어쩌면 이 세상의 그 무엇보다도 강한 존재인 것 같았다. 그 꽃은 우주를 바라보고 있었고, 한없는 사랑과 미소, 그리고 영원을 소유하고 있으며, 무서운 고독을 넉넉히 초월하고 있었다.

몸부림으로 아픔을 토하는 무리.
언덕 위에서 가슴 찔리운 일천 개의 풀잎들.

하늘에는
그리움으로 밤을 지우는
일천 개의 별들.

아픔이 파닥이는 손끝을 부벼
풀잎들이 이슬을 만들 때
별들은
풀잎 위에 내린다.
별들이
영원한 시간을 접어

내일 시들어질 풀잎 위에 새길 때

이 저녁, 풀잎들은

비로소 눈뜨는 아이처럼

풀빛 손 흔들어

바람처럼 언덕을 달린다.

　　　－졸시 〈눈뜨는 풀잎〉 전문

나는 혼자서 중얼거렸다.

"그런데 말이야. 나는 오늘 처음으로 우주를 보았단다. 그리고 처음으로 우주 속에서 나를 보았지. 그래서 진 거야. 나는 그전에 우주를 보지 못했거든. 꽃은 우주와 같이 살아왔는데."

그러나 아이들은 이미 내 말에 대꾸할 흥미를 잃었는지 저희들끼리 깔깔거리고 있었다.

마음의 고향, 산호세

정들면 고향이라고들 한다. 내가 미국 땅에서 처음으로 보따리를
푼 곳은 캘리포니아 주의 산호세이다. 그래서 이곳은 언제나 고향처
럼 느껴지는 곳이다. 고향−, 그 어휘에는 그리움과 가슴이 저미도록
애틋한 정이 스며 있다. 번화한 도시이건, 아름다운 명승지이건 그
고향 이미지는 언제나 우리 마음에 그리움으로 살아 있는 것이다.

남편의 유학길에 함께 한 동반 유학. 옷가지와 책만 잔뜩 집어넣고 허둥대며 떠나와 첫발을 내려놓은 우리는 수학할 대학이 있는 산호세.

선배 집에 짐을 풀어놓은 그날 저녁 납작하게 잘려진 갈비구이, 김치와 생선찌개가 고향집에 계실 어머니의 솜씨를 생각나게 하였다. 바로 엊그제 눈물 뿌리며 잡았던 손의 감촉이 새삼 잊고 있었던 상처처럼 아픔으로 와 닿았다. 커피를 마시면서 흘러나오는 '보리밭' '그리움' '내 고향 남쪽바다' 등의 가곡은 떠나온 이웃들의 애환을 바다 안개처럼 떠올랐다. 분위기가 한국 그대로라 해도 이국 하늘 밑이라는 사실에 우리 모두의 마음을 어떤 외로운 길목으로 몰아넣었다. 얼마 후, 우리 부부는 아파트를 구하고 나그네 같은 미국 생활이 시작되었다.

산호세는 원래 비가 많은 곳이다. 겨울철이 우기이기는 하지만 그 해는 무던히도 비가 내렸다. 그 내리는 빗줄기만큼이나 무수히 밀려드는 향수로 비와 함께 울던 나. 조용한 변두리 길을 따라 자동차로 달리면서 차창에 부서지는 빗소리와 함께 엉엉 울었다. 자동차 바퀴 밑에서 쏴아ー 양쪽으로 갈라지는 빗물을 보면서 친정과 시댁에 연년생인 어린 남매를 따로 따로 맡기고 이산가족이 되어 떠나왔던 그 모진 마음이 조금씩 허물어지고 마침내 눈물이 되어 줄줄이 흘러내렸다.

이렇게 시작한 뜨내기 생활 몇 개월 후, 우리 아파트는 유학생들의 아지트가 되었다. 그 당시 한국 유학생은 열한 명이었는데 모두 총각들이어서 김치 담그는 일은 내가 도맡아 했고, 토요일은 김치 먹는 날이었다. 열한 명이 거실에 모이면 젊음의 입김으로 방안의 열기는 훈훈하게 넘쳐흘렀다. 카펫 위에 비닐을 깔고 부엌에 있는 그릇은 총동원되어 나왔고, 심지어는 밥통 뚜껑까지 밥그릇으로 단단히 한 몫을 했다.

고국에서 슬픈 소식이 날아오면 우리는 모두 샌프란시스코로 올라가곤 했다. 샌프란시스코로 가는 해변 도로를 달리면서 아름다운 풍광의 정취에 젖기 위해서이기도 하지만, 확 트인 시원한 바다를 보면서 고향으로 향하는 마음을 달래보기 위함이었다. 이곳에서 고향으로 가는 길목이란 태평양 바닷가이다. 바닷물에 그리움을 담아 띄워 보내면 흘러 흘러 동해안 어느 기슭에 닿을 것 같기도 하고, 한 움큼 바닷물을 쥐어보면 손에 닿는 감촉은 고향의 감촉 바로 그것이었다.

샌프란시스코로 가는 건 항상 새벽녘이었는데 가는 길은 언제나 안개가 자욱하였다. 안개는 자기 무게를 못 견디어 이슬비가 되어 아스팔트와 자동차와 가로수를 촉촉이 적시곤 하였다. 어슴푸레 도시가 가까워오고 성냥갑 같은 하얀 집의 행렬을 지나 항구를 만나면 모두들 차에서 내려 안개비를 맞으며 서서 안개 속에 묻힌 바다를 응시하곤 했다. 그리고는 곧 샌프란시스코 시내로 들어간다. 과거와 현재와 미래가 공존하는 도시—샌프란시스코.

굴곡진 거리를 거닐다보면 모두는 매직 마운틴의 장난감 기차를 타는 곡예사가 된 기분이었다. 17,8세기의 왕정시대 복고풍의 예쁜 집에서 동화 속의 '헨젤과 그레텔'이 톡 튀어나올 것만 같았다. 또 그 사이로는 창문 없는 전차가 땡땡거리며 거리의 사람을 헤쳐나갔다. '골든 게이트 브리지'까지 한 바퀴 돌아 중국인 혼혈가수 '낸시'가 있는 찻집으로 향하면, 홀 안에 가득히 울리는 밴드음악이 감미로운 애수로 우리 가슴에 안겨들었다. 노래로 향수를 달래는가 하면, 격렬한 춤으로 기분을 발산하는 친구도 있었다. 그리고서 바다 내음을 몸 안에 가득 싣고 산호세로 돌아오면 우리의 내일은 다시 생기가 넘치는 것이었다.

산호세의 변두리에 위치한 '부라섬힐'(Brassom Hill)은 적막하고 아름다웠다. 잔잔한 못 위에 떠다니는 물오리들의 정겨움이며, 사람의 키보다 두 배나 더 큰 갈대 속에서 본 저녁노을은 슬프도록 찬란하였다. 그 후 몇몇 학생이 타 지역으로 학교를 옮기고 어떤 총각들은 예쁜 신부를 맞이하기도 했다.

그들이 조금씩 외로움에서 벗어나 미국 생활에 익숙해질 때쯤 우리도 로스앤젤레스로 학교를 옮기게 되었다. 산호세 주립대학에서 석사과정을 끝내고 박사과정의 수련을 위해서는 부득이 학교를 옮겨야 했었다. 그렇게 우리는 산호세를 떠나왔다.

그러나 지금도 속삭이듯 흐느끼듯 들려오던 갈대잎 소리, 안개비에 젖던 샌프란시스코의 항구, 비 오는 날이면 들려오던 아픔과도 같던 빗소리, 그리고 기타 치며 밤새워 불러댔던 고향 노래들, 이 모두가 산호세의 그리움으로 남았다. 이제는 또 하나의 마음의 등불처럼 남아 고향의 체온을 전해주는 조용한 도시 산호세! 누구라도 산호세에서 살다왔노라면 고향 이웃을 만난 듯 반가움이 앞선다. 정든 고장.

지금도 나는 그 시절에 찍었던 사진을 들추어보며 애수처럼 젖어오는 산호세의 추억에 잠긴다. 정들면 고향이라고들 한다. 내 이민 살이의 첫 정은 산호세에 들었나보다.

 김문희의 동경이 있는 테마 에세이

잡목의 미학(美學)

참으로 오랜만에 한국에서 방문한 교수님을 모시고 자연의 품에 안겨보았다. 로스앤젤레스에서 북동쪽으로 2시간 정도 달려갔을까? 오래 전부터 와보고 싶어 벼르던 산, Big Bear Mountain이 눈앞에 나타났다. 어느 분은 이를 한자로 태웅산(太熊山)이라고 불렀다던가.

산정에 자리한 호수, Arrow Head를 바라보며 시원한 바람에 몸을 맡긴다. 바다 같은 충만한 출렁임 사이로 산새들의 베비쫑거리는 지저귐이 들려온다. 아직 마른 낙엽들이 수북이 쌓여있지만 고목나무 밑에서는 새순이 돋아나고 있지 않은가. 아! 저 연한 잎새들! 잎새마다 물방울을 구슬처럼 달고 있는 촉촉한 잎과 잎을 푸근하게 감싸고 있는 흙의 모습에서 어머니의 얼굴을 대한다.

나는 왜 가까운 곳에 전원을 두고 늘 두고 온 고국의 산만 그리워하면서, 멀리 있는 것으로만 생각했는지 모른다. 산의 빛깔은 한 가지가 아니라 여러 가지였다. 은회색, 쥐색, 짙은 노랑색, 갈색, 붉은 갈색,

연한 완두콩 빛깔의 새순에서 단풍까지 다양한 빛깔이 되게 하는 것도 잡목이
며, 떨어진 그 잎을 잘 썩혀 자연적인 자양분이 되어 쓸모 있는 나무들이 자라도
록 거름이 되어주는 것도 바로 잡목이다.

그리고 오리발처럼 이파리 하나 없이 끝부분이 빨간 나무, 푸른색!
산은 이듬해의 수확을 위해 두터운 옷을 입고 묵묵히 짧은 겨울 해를
맞이하고 있었다.

그런 산을 보며, 사시사철 늘 푸른 소나무가 가득 찬 산을 상상해
보았다. 소나무의 노래가사처럼, 변하지 않는 네 빛에 한결 같음이
돋보일 수도 있겠으나, 대신 그 변화 없는 빛이 조금은 답답하고 지루

하고 권태로울 것이란 생각마저 들었다. 그 푸르른 한결같음 속에 군데군데 섞여 변화를 보여주는 것이 있었다. 바로 잡목이었다.

봄에서 가을까지, 우리가 무심히 지나며 그 변화를 당연한 것으로 여기게끔, 산이 조화를 부린다고 생각했던 그것이 잡목의 매력임을 알았다. 잡목이라 하면 쓸모없는 나무로 생각하여 땔감이나 부지깽이 외엔 할 것이 없다고 생각했으나, 썩 훌륭한 역할을 하고 있지 않은가.

연한 완두콩 빛깔의 새순에서 단풍까지 다양한 빛깔이 되게 하는 것도 잡목이며, 떨어진 그 잎을 잘 썩혀 자연적인 자양분이 되어 쓸모 있는 나무들이 자라도록 거름이 되어주는 것도 바로 잡목이다.

우리나라 산이 민둥산인 것은 나무를 땔감으로 했기 때문이라고도 하지만, 이 잡목이 없었더라면 늘 푸른 소나무는 수난을 면치 못했으리라. 그래도 우리 조상들은 잡목으로 가려 땔감을 하고, 늘 푸른 소나무는 그저 가지치기 정도로 보호를 했었다.

산의 고요하고 적막한 아름다움이, 그러나 다소 쓸쓸함을 덜어주는 그 아름다움이 바로 잡목의 덕이었음을 알아낸 것은 귀한 발견이었다.

인간도 마찬가지가 아닐까.

자신의 인물이 뛰어나다고 해서 있는 듯 없는 듯한 사람을 잡목처럼 여겨서도 안 되고 그런 사람으로 해서 자신이 돋보일 수 있다는 것을 깨닫는다면 자만심을 갖지 않고 더욱 겸허해질 일이다.

뛰어난 사람이 있기 위해서는 잡목처럼 말없이, 그 뛰어난 사람들을 위해서 거름이 되어주고 연소제가 되어주고 있다는 것 또한 명심할 일이다.

새삼스럽게 잡목의 아름다움과 덕을 느낀다. 남들이 나를 인정하지 않더라도 내 주위의 거름이 되어주고 연소제가 되어줄 수 있는 사람은 얼마나 아름다운가.

요세미티, 그 거대한 숲

요세미티(Yosemite), 미국이 자랑하는 4대 국립공원 중 하나로 그 거대한 나무를 만날 때마다 나는 내 자신이 나무가 되어가는 것을 느낀다.

요세미티 숲이 가장 아름다운 계절은 역시 여름이다. 연초록이 짙어지는 색감에서 싱싱한 나무의 환희가 그대로 묻어온다.

내가 세코이야 나무와의 만남은 단순한 만남이 아니라 생각하고 묵상하는 보금자리로 가슴을 열어 속을 바꾸는 곳이다. 숲이 짙은 안개로 젖어 있을 때, 첫 햇살이 나뭇잎을 떨어뜨릴 때, 나무들이 몸 떠는 것을 본다.

나는 오래 전부터 맨몸의 기도로 겨울을 버텨온 나무의 인내를 배우고 있다. 한 그루의 나무가 한 자리에 서서 버티며 살아가는 모습. 계절의 변화를 순응하고 슬픔까지도 넉넉하게 받아들이는 포용으로 해서 의젓해진다.

　요세미티 국립공원에 가면 레드우드 숲에서 오랜 세월을 거쳐 오면서 뿌리가 하나로 된 부부나무를 보면 경이롭다.

　불에 타서 가슴이 까맣게 숯이 되어가는 3000년 된 레드우드 나무들. 그 숲의 매력에 빠져 미국 방문할 때면 꼭 찾아주시는 대학교 은사인 시인 김남조 선생님은 그의 시에서 이렇게 읊었다.

삼천 년 된 거목들의 숲은

겨우내 끝이 안 보이는 설원

나무들은 그 눈벌에 서 있습니다

어느 겨울 그 중의 한 나무가

눈사태로 쓰러질 때

하느님이 품속에 안으셨습니다.

나직이 이르시되

아가야 쉬어라 쉬어라—

하느님께선

이 나무를 씨앗이던 첫날부터 기억하시며

거대한 뿌리에서 퍼져나간

젊은 분신들도 낱낱이 알으십니다.

쉬어라 쉬어라고

하느님의 사랑은 이 날

자애로운 안도이셨습니다.

가령에 삼천년을 노래해온

씨가 있다면

쉬어라 쉬어라 하실겝니다

　　　　　－김남조 시 「장엄한 숲」 부분

하느님의 가슴으로 품어내는 시인의 눈이 감동으로 울려왔다. 눈사태로 쓰러진 나무를 보고 품속에 안으며

"아가야 쉬어라 쉬어라"

"삼천년을 서 있었던 너를 기억하마, 아가야 쉬어라"

산불로 웬만한 나무들은 선 채로 숯덩이가 되는데 천년 이상 되는 거목들은 꿋꿋한 자세로 서서 연기를 내품으며 가슴부터 타들어가고 있다.

가슴이 뻥 뚫리면서 죽어서도 살아있는 나무들. 벌레에 갉힌 아픔, 광풍에 시달린 시련. 내가 나무를 사랑하는 것은, 뉘를 탓하지 않고 심겨진 대로 그 자리를 지키며 살아가는 나무들의 생명력 때문이 아닌가 싶다.

조용히 침묵으로 서서 감정을 여과시키는 나무는 정직하다. 핑계나 변명이 없다. 할 수 있는 일을 모두 다 하고 나서, 그리고는 당당히 바람과 마주선다. 차고 매서운 바람일지라도 맨몸으로 감당해 낸다.

문득, 나는 정말이지 나무는 슬픈 존재라는 생각이 든다. 스스로 움직이지 못하고 언제나 버티고 서 있어야 하는 나무의 숙명! 그것은 진정 슬픔일 것이다. 비가 와도 서 있어야 하고, 더운 햇볕에서도 서 있어야 하는 나무, 캄캄한 밤에도 서 있어야 하고 병들어 괴로워도 서 있어야 하는 나무. 심지어 죽어서까지도 서 있어야 하는 나무의 생각은 슬픔일 것이다.

그런데 슬픈 것이 나무뿐이 아니라는 생각에 이른다. 나무나 사람이나 다를 게 무언가 싶다. 사람도 저마다 바쁘게 움직이며 사는 것 같지만 종국에 다다르면 결국 산으로 가서 땅 파고 그 속에 눕는 것. 나무처럼 땅에서 떠날 수 없는 것이 사람의 운명이 아닐까 싶다.

나무의 신비로운 성장과 죽음을 보면서 지나온 내 생애를 비교해 보기도 한다. 나무의 균형, 나무의 꿈, 나무의 침묵을 지켜보면서 그 침묵의 사연을 무언의 눈짓으로 읽어낼 수 있는 것이다.

비명(非命)의 코스모스

　　지난여름에는 정원 가꾸는 일에도 신경을 쓰지 못했다. 일주일에 2번씩 새로 한국인 정원사가 다녀갔지만, 그가 정원을 어떻게 손질하는지, 잔디를 어떻게 깎는지 혹은 패티오의 난간에 무슨 꽃을 심었는지, 신경 쓰지 못했다. 늘 갖가지 색깔로 피고 지는 꽃들을 그저 그렇게 지나치며 살았다. 불경기다 실업률 증가다 해서 가뜩이나 움츠려 있는 우리네들의 삶에 나도 예외는 아니었나 보았다. 사실 이유가 있다손 치더라도, 한국인들의 사업이 날마다 도산한다는 소식에 어찌 정원의 꽃이나 손질하고 있을 수 있었으랴!

　　아무튼 나는 한여름 동안 돈 버는 일도 아니면서 어지간히 바쁘게 다니느라고 정원 가꾸는 일은 까맣게 의식밖에 두고 있었다.

　　그러던 지난주 월요일 아침, 잠시 한인타운에 가기 위해서 자동차를 몰고 정원을 지나가는데 문득, 큰 키로 자라난 사철나무의 검푸른 색깔의 울타리 밑에 반짝 눈길을 끄는 나비 한 마리가 있었다. 그랬

다. 그것은 나비라고 불러야 옳았다. 그 억센 생나무 울타리 밑에 저
혼자 가냘프게 자라난 단 한 포기의 코스모스가 그 한들거리는 가지
끝에 첫 꽃 한 송이를 막 피워내고 있었다. 그것을 처음에는 나비로
착각했다. 그러나 다시 보았을 때 그것은 연분홍 코스모스꽃이었다.
　나는 차에서 내려 찬찬히 살펴보았다. 큰 생나무 울타리 아래에서
충분한 햇볕을 못 본 탓인지 코스모스 줄기는 가늘고 연약했다. 곁가
지도 없이 자라서 끝에 가서야 겨우 서너 개의 가지를 내고 있었다.
그리고 그 가운데 가지에서 첫 꽃을 피워내고 있었다. 아침저녁으로
뿜어내는 스프링클러의 물줄기마저도 공교롭게 코스모스 주변에는
미치지 못했는지, 땅은 파실파실 메말라 있었다. 그 메마른 땅에서
떨어진 한 알갱이 코스모스 씨앗이 몸부림치며 필사적으로 잎을 틔우
고 꽃을 피운 것이다. 그 누구를 위해서 그토록 목마른 여름을 견디며

지금 꽃피고 있는 것인가?

　나는 그 자리에 차를 세워둔 채, 집 뒤뜰에 뒹굴고 있는 물뿌리개를 찾아서 가득히 수돗물을 받아서 그 목마른 코스모스에 물을 듬뿍 주었다. 물뿌리개 끝에서 분수처럼 떨어지는 물줄기를 받으면서 갓 피어난 코스모스 꽃송이는 파들파들 물 무게를 이기지 못해서 떨었다. 그러나 한 통 가득했던 물이 코스모스 뿌리 밑으로 흥건하게 잦아들자 마치 오랜 잠에서 깨어난 공주처럼, 아침 햇살 속에서 더욱 청초하게 빛나는 모습으로 바뀌었다. 그리고 마치 발견해 주어서, 아니 사랑해 주어서 고맙다는 듯이 몸을 흔들었다.

　그 아침 이후, 나는 아침저녁으로 물을 주었고 어제 아침까지만 해도 여섯 송이의 꽃을 피웠다. 그런데 아뿔싸, 뉘 알았으랴! 지난 금요

일 낮에 정원사가 왔던 모양이다. 울타리 주변이 말끔히 청소된 것까지는 좋았는데, 며칠 동안 그 애지중지 보살펴온 코스모스도 여지없이 뽑혀버리고 없었다. 나는 잠시 아연했지만 그 정원사가 며칠 동안 코스모스와 나 사이에 있었던 그 애틋했던 사랑을 어찌 알랴 싶었다. 그런 한편으로 '무슨 정원사가 꽃과 잡초를 구분도 못한담?' 은근히 화가 났다. 그러나 화요일 아침에 나타난 정원사는 태평스럽게 말했다.

"에이, 사모님도, 아 패티오 난간에 그렇게 꽃이 많은데, 뭘 그까짓 코스모스 한 포기 땜에 그러세요?"

오히려 핀잔이었다.

나는 망연히 패티오의 난간에 피고 있는 임패시안(Impassian)의 꽃들을 바라보았다. 거기에는 갖가지 색깔로 무수히 꽃들이 피고 있었지만, 거기에 진정한 꽃은 없어 보였다.

나는 그날 아침, 의미 없는 꽃은 이미 꽃이 아니라는 것을 알았다. 그 존재에 대한 그 누군가의 의미부여가 있을 때 그것은 진정 꽃다운 꽃이 되는 것 아닐까?

불과 며칠 동안 생나무 울타리 그늘 밑에서 비록 외롭게 피어난 코스모스였지만, 그는 정말 꽃답게 살다 갔다고나 할까?

울지 않는 뻐꾸기

매일같이 쏟아져 들어오는 우편물을 처리하는 일도 여간 귀찮은 일이 아니다. 각종 선전, 판촉 광고지는 아예 우편함에서 우편물을 끄집어내자마자 현관 곁에 있는 쓰레기통에 버린다. 그리고 봉투에 들어 있는 우편물만 가지고 집안에 들어와도 'Important!'로 위장된 비지니스 선전물이 대부분이다. 그렇다고 간단히 분류가 되는 게 아니다. 워낙 교묘하게 마치 중요한 서류나 되는 것처럼 꾸며져 있어서 자세히 읽어보아야 겨우, 보험안내서, 혹은 융자 소개서 등임을 알 수 있게 되어 있다. 이렇게 해서 진짜 내가 지불해야 할 청구서나 은행 구좌들을 가려내 보면 60퍼센트 정도는 다 버려야 할 우편물이다. 그러니 어떤 때는 한 보따리씩 들어오는 우편물이 짜증스럽기 그지없는 것이다.

그런데 이 짜증스런 우편물 중에서 간혹 친구나 고국친지들의 편지를 발견하는 날은 그 모든 짜증이 순식간에 가신다.

어제 저녁에 가지고 들어온 우편물을 그냥 거실 테이블에 그대로 둔 채 하룻밤을 넘기고 이른 아침 6시, 잠옷에 가운을 걸친 채 아래층 으로 내려와 커피 한 잔을 끓였다. 그렇게 극성스럽던 무더위도 이젠 제풀에 꺾여 물러나고 있는지, 제법 싸늘한 아침 공기가 우윳빛 창문 가에 쌓여 있었다.

참으로 오래간만의 휴식이었다.

따끈한 커피 한 모금이 향기 짙게 입안을 채우고 식도를 덥히며 내 려가는 동안, 식탁 의자에 앉아 창밖 뒤뜰에 침침하게 잎색깔이 변해 가는 회색 하늘을 보고 있었다.

이른 아침의 실내, 은은한 커피향기 속에서 문득 오디오가 있는 거 실 쪽으로 시선이 갔지만 이 시간에 음악을 듣는 일이 왠지 어울리지 않는 것 같았다. 아니, 이 고요한 아침을 그대로 향유하고 싶어서 그 대로 앉아 있기로 하였다. '새 술은 새 부대에'라는 말처럼 이 아침, 모든 것이 새로 깨어나는 아침, 모든 생각도, 염려도, 계획도 비우고, 태초의 이브처럼 이 순간만이라도 순수하게 존재하고 싶었던 것이다.

그런데 나의 그 소망도 식탁 테이블에 놓여있는 항공우편으로 무너 지고 말았다. 아이들이 어제 저녁에 우편함에서 꺼내서 내 우편물만 골라서 식탁 위에 둔 모양이었다.

발신인의 이름이 낯설었다. 봉투를 열자 눈처럼 하얀 백지에 고운

잉크색으로 꼼꼼히 쓴 편지가 나왔다. 보낸 이의 이름을 다시 보아도 전혀 기억이 안 나는 여성의 이름이었다. 편지내용은 지난여름 LA를 잠시 다녀간 분으로 우연히 우리집에서 하룻밤을 지내고 가신 분의 감사인사였다. 2주간의 휴가로 동부에 먼저 갔다가 귀국길에 LA에 들렀고, 다음날 비행기를 타기 위해서 하룻밤 호텔에서 보내겠다면서 서울 문인의 안부를 전해 주는 전화를 주셨던 분이었다. 적적한 호텔에서 지내느니 불편하지만 그냥 우리집에서 하룻밤 쉬고 가시라 했더니, 미안해하면서도 구제받은 듯이 감사해하던 분. 사실 호텔에서 여자 혼자 지내는 게 비록 하룻밤이지만 얼마나 어색한 일이랴! 그렇게 하룻밤을 지내고 떠난 분이 감사편지를 보내준 것이었다. 그러나 그 편지가 나를 마치 깊은 잠 속에서 깨어나게 해주는 것 같은 가벼운 충격을 준 것은 그분이 무심코 썼을 이 한마디 때문이었다.

"서울에 와서 나는 선생님 거실 벽에 있던 그 뻐꾸기시계를 자주 되새기곤 합니다."

나는 그때 갑자기 뻐꾸기시계가 내 의식의 늪 속에서 커다랗게 떠오르는 것을 느꼈다. 그랬다. 뻐꾸기가 울지 않았다. 최근 며칠, 아니 몇 주일, 뻐꾸기가 울지 않았고, 나는 또 왜 뻐꾸기가 울지 않는지조차 생각 못한 채 허둥대며 지내왔던 것이다.

거실로 나와서 북쪽 벽에 걸려 있는 뻐꾸기시계를 살펴보았다. 예상대로 태엽이 다 풀린 채, 뻐꾸기는 작은 집 속에 갇혀 있고, 시간은 정지된 채, 시계는 벽 위에 못박혀 있었다. 그러고 보니 뻐꾸기만 잠들어 있는 게 아니고 거실의 모든 것이 잠들어 있었다. 그리스 신화 속의 그녀는 누구던가? 천사처럼 날개를 펼친 두 여인의 조각상이 들고 있는 흔들시계도 정지되어 있고, 언제 꽂았는지 기억도 희미한 시든 꽃 한 다발이 물이 반쯤 증발된 화병에 꽂힌 채로 퇴색되고 있었다. 피아노 건반 뚜껑은 악보 한 다발을 비스듬하게 입에 물고 반쯤 닫혀 있었다. 그뿐이랴. 소파며 티테이블이며 벽난로 위에 얹혀 있는 촛대며 액자, 크리스탈 조각들도 모두 회색빛 먼지에 묻혀서 쓰러지거나 혹은 선 채로 죽어(?) 있었다.

당혹―. 뻐꾸기로부터 거실의 모든 물상을 둘러본 나의 심정은 정말 문자 그대로 당혹이었다. 지난 몇 주일, 이 행사, 저 스케줄에 얽매어 얼마나 정신없이 뛰었던가! 그러는 동안에 집안의 모든 것들은 먼지 속에서 숨을 거두고(?) 있었던 것이다.

그런데 솔직하게 말해서 내가 당혹했던 것은, 거실의 뻐꾸기 때문만은 아니었다. 내가 밖으로 뛰는 동안, 내 마음 밭이 그보다 더 황폐해졌을 거라는 생각 때문이었다. 정말이지, 지난여름 나는 시 한 편도 못 쓰고, 수필 한 편 손대보지 못하고 지냈다. 그것은 내 마음, 아니 내 영혼의 질식을 의미하는 것 아니고 무엇이랴! 갑자기 깊은 회한과 슬픔 같은 것이 가슴을 덥히며 솟구쳤다.

나는 망설일 것도 없었다. 걸레와 먼지털이를 찾아내고, 소매를 걷고, 거실의 창문을 활짝 열었다. 먼저 뻐꾸기시계의 얼굴 먼지부터 털어주고 태엽을 당겨주면서 시간을 맞추었다. 긴 시계바늘을 돌려가자 곧 뻐꾸기가 작은 현관문을 열고 나와서 목청껏 울기 시작했다. 그 경쾌한 뻐꾸기 소리를 신호삼아서 나는 손빠르게 거실 청소를 하기 시작했다. 먼지를 털어내고, 부드러운 수건으로 문질러 닦아주고, 바르게 걸어주고 세웠다. 마지막으로 카펫 청소까지 끝냈을 때는 유난히 눈부신 아침햇살이 창문을 넘어 들어오고 있었다. 모든 게 새롭게 반짝이며 아침햇빛을 받아들이고 있었다.

비로소 내 마음의 창문도 열리고 겹겹이 쌓여 있는 먼지를 털어낸 기분이 되었다.

아, 이 새로운 아침. 내가 감동에 젖어 정원을 내려다보고 섰는데 언제 내려왔는지 딸 윤신이가 등에 매달리면서 종알거렸다. "엄마, 뭐해요? 아유, 엄마 청소했네요. 오늘 손님 와요?" 나는 윤신의 목소리가 진짜 뻐꾸기소리라는 것을 알았다.

'그랬지, 내 일에 바빠서 애들을 얼마나 저희들끼리만 버려두었던가!'

내가 몸을 돌려서 윤신이를 껴안자 윤신이가 어색해서 몸을 비틀어 빠져나가려고 했지만 나는 억지로라도 그를 포옹한 채, 입 속으로 말했다.

'이 가을, 다시 여물어져야지!'

기생나무

    도시에서 느낄 수 없었던 자연의 정취를 참으로 오랜만에 받아들일 수 있었던 것은 오 시인 덕분이었다.

    로스앤젤레스 근교의 유카이아에서 화원을 경영하고 있는 그녀의 선배가 문우 몇 사람을 자기 집으로 초청하였다. 시내에서 한 시간도 넘게 동남쪽으로 프리웨이를 달려서 찾은 그의 마을은 숲의 냄새를 진하게 뿜어내고 있었다. 한동안 잊고 있었던 고향 친구의 편지나 받은 듯 저미는 향수가 가슴속에 파고들었다.

    점심 후에 그 선배의 안내로 찾은 곳이 Oak Glen Village, 추수가 끝나고 마지막 잎새만이 바람에 날리는 사과밭의 행렬을 지나서 산기슭의 숲길에 이르렀다. 아름드리의 상수리나무들이 무수한 낙엽을 지우고 서 있는 숲은 벌써 물기를 거둔 잔가지를 뻗은 채, 시리도록 맑은 대기 속에서 엷은 햇빛을 줍고 있었다. 야생동물원을 겸한 이곳은 울창한 숲으로 이어져 발목이 빠질만큼 낙엽이 쌓여있었다.

    "시몬, 너는 좋으냐, 낙엽 밟는 소리가……."

    구르몽의 시구가 들려오는 듯했다. 우리는 매캐한 낙엽 냄새 속에서 새로운 시상에 빠지기도 하고 좀처럼 도심지에서는 보기 힘든 푸르고 맑은 하늘을 향해서 폐부 깊이 들이마셨던 숨을 토해 보기도 했었다. 우리는 아이들처럼 바스락거리는 낙엽을 밟으며 웃고 떠들기도 했다.

그때 갑자기 그 선배는 우리를 멈춰 서게 하고, 전면에 서 있는 우람한 상수리나무를 손가락으로 가리켰다. 그 나무는 촘촘한 잔가지를 하늘 깊숙이 뻗친 채 숱한 세월의 얼굴로 늙은 아버지같이 거기 서 있었다.

"저길 좀 보세요."

그분이 가리키는 곳을 다시 보았다. 거기에는 상수리나무의 마른 잔가지 사이에 청청한 초록으로 반짝이는 잎새를 달고 있는 또 다른 가지가 보였다.

"저게 기생나무예요."

우리는 저마다 의아하게 그를 바라보았다. 그 선배의 설명에 따르면 그 가지는 상수리나무 가지가 아니란다. 상수리나무과에 속한 큐어커스(Quercus)라는 나무로서 뿌리나 몸체가 없고 다만 가지만 존재하는 나무라 했다. 자세히 보니까 상수리나무 이파리와는 전혀 다르게 생긴 작고 단단한 상록의 잎새를 무수히 달고 오직 가지뿐인 그 나무는 놀랍게도 낙엽 지는 숲 속에서도 싱싱하게 살아 있었다.

남의 나무에 붙어산다 해서 한국 사람들이 그것을 '기생나무'라 부른다고 했다. 이 나무의 번식은 바람 부는 날 작은 가지 하나를 바람에 날려 보내면 주변의 다른 나뭇가지에 가서 걸리게 되고, 그 나뭇가지에 접착되어 수분을 받아먹고 성장한다. 문제는 그 기생나무를 만난 나무는 기생나무의 왕성한 번식과 흡수력에 영양과 수분을 빼앗기고 서서히 죽어간다는 것이다.

우리 앞에 서 있는 그 거대한 상수리나무도 이미 대부분의 가지들이 고사목(枯死木)으로 바뀌고 있었다. 그리고 그 말라버린 가지에는 딱따구리들이 무수한 구멍을 뚫어 도토리 한 알씩을 넣어두고 겨울 양식을 준비하고 있었다. 처음에는 기생나무의 이상한 생존(?)이 신기하였다. 그러나 시간이 지날수록 어쩐지 그 기생나무에 관한 관심보다 기생나무와 딱따구리에 시달려 서서히 죽어가고 있는 늙은 상수리나무에 쏟아지는 진한 연민을 어쩔 수 없었다. 어느 날 우연히 날아와 붙은 기생나무 가지 하나로 생명을 침식당하고 있는 그 상수리나무의 모습이 너무도 선

한 자연의 얼굴이라는 생각이 앞섰기 때문이었다. 그리고 나무의 세계도 인간사와 다를 바 없구나 하는 생각이 들었다.

기생나무를 새삼 보면서 사회의 어두운 계층에서 독버섯처럼 살아가는 사람들이 생각나기도 하고, 지성과 교양을 가졌으면서도 어느 순간에 가서는 검은 마음을 드러내는 사람들이 떠오르기도 했다.

곰곰이 생각해 보면 우리 사회 어디에나 이러한 부조리는 여기저기 웅크리고 있는 것이 아닐까? 평생 동안 공직에서 청빈한 생활을 하다가 얼마간의 퇴직금을 받아 은퇴한 분이 있었다. 그런데 어느 몹쓸 사기꾼에게 걸려서 노후의 생활 밑천인 퇴직금을 몽땅 잃어버린 경우를 보았다. 그러한 경우가 그 일에만 있는 것은 아니다. 크게는 국가, 정치, 사회에서부터 작게는 시정잡배들에게 이르기까지 국가와 사회, 그리고 이웃의 재산과 명예에 해 끼치는 것은 이루 예로 들 수가 없을 정도일 것이다.

그러나 우리는 절망해서는 안 된다. 그리고 절망할 이유도 없다. 저렇게 기생나무에 시달리면서도 늠름히 아직도 버티고 서 있는 선한 상수리나무 같은 사람들이 여기저기 많이 있지 않던가.

다른 측면에서 보면 아무리 기생 같은 사람들이 많이 있어보여도 오히려 선한 상수리나무 같은 숫자가 훨씬 많기 때문에 아직 우리 사회는 유지되는 것이 아닐까. 숲에서도 마찬가지다. 기생나무가 아무리 번식해도 그것은 땅에 뿌리를 박고 정직한 성장하고 있는 나무의 숫자를 능가하지 못할 것이다. 만일 기생나무가 더 많아진다면 숲은 없어지고 기생나무 자체도 생존이 불가능해질 테니까.

그러고 보면 세상의 부조리나 악이란 선한 질서와 선한 가치가 있어야 겨우 생존하는 존재에 불과한 것이다. 그래서 현인들은 선을 절대적 가치로 인정했던 것 같다.

생각이 여기에 이르자 나는 마음이 좀 편해졌다. 아직 우리 삶에 대한 희망이나 우리 사회에 대한 신뢰감을 지닐 수 있다는 안도감 덕분이다. 그러고 보니까 기생나무 때문에 죽어가는 그 큰 상수리나무의 밑둥치에서 또 하나의 싱싱한 상수리나무가 자라나고 있었다. 상수리나무의 뿌리는 다 자란, 그리고 침해받는 동체를 기생나무에게 맡긴 채 새로운 생명을 다시 탄생시켜 키워나가고 있었다. 절대로 패배할 수 없는 선한 의지를 나는 거기서 보았다. 그리고 어째서 하나님이 이 지구를 포기하지 않으시는가의 의문의 대답을 듣는 것 같았다.

교외에서 돌아오는 자동차 안에서 문우들은 한껏 마신 맑은 공기와 낙엽 냄새로 한결 맑아진 눈동자와 얼굴로 즐거운 담소를 나누고 있었다. 자연은 우리의 가슴에 새로운 희망과 의지를 심어주었다. 그래서 도시인들에게 자연 속으로 나가보라는 권고가 그렇게 자주 들려왔던가보다.

여행, 그 아름다운 손짓을 따라

미지의 세계에 첫 발걸음을 들여 놓는 설렘, 그것은 모든 나그네들을 나그네 되게 했던 과육처럼 신선한 유혹이었다. 또한 아름다운 손짓이었고, 언제나 미완(未完)으로 끝나는, 더욱 갈증을 타오르게 하는 즐거움이었다. 그래서 나그네들은 또 다른 유혹에 못 견뎌 다시 짐을 꾸려 떠나곤 하는지도 모른다.

얼마동안 지구촌의 여기저기를 돌아다니고 나면 마침내 그 설렘으로 시작되어 크고 귀중한 열매를 얻게 된다.

먼저 그것은 여행을 통한 '자기발견'이 아닐까 싶다. 유럽여행을 통해서 낯선 땅과 마을, 낯선 도시와 거리, 낯선 풍물과 삶의 모습들을 통해서 나는 내가 누구인지를 객관적이고 구체적으로 느끼기 시작했다. 낯선 도시와 마을에 선 자신의 모습, 마치 모든 인연과 혈연에서 단절되어 독립된 개체로서의 자기 모습을 보게 했다. 낯선 거리를 걷거나 서 있는 자신을 바라볼 수 있다는 것은 진정 신선한 충격이요,

고국을 떠나 로스앤젤레스
땅에 살며 한 그루 나무를
보면서 내 땅에 선 나무를
다시 그려 보았고, 낯선 땅
에 앙금으로 쌓인 역사의 유
적들을 보면서 내 땅의 역사
를 생각했다. 그것은 단순히
지성적인 인식만을 뜻하는
것이 아니라 뜨거운 애정을
곁들인 바라봄이었다.

값진 발견이었다.

좋은 배경, 친척과 이웃, 친구와 연인 관계에서만 인식되던 자신을 더 넓은 테두리, 세계의 배경에서 다시 인식하는 놀라움이며 경이였다. 그것은 조금은 쓸쓸하고 냉철한 것 같고, 조금은 추워오는 것 같은 감성과 더불어 오는 것이었지만, 아울러 나를 자라나게 하고 깊어지게 하고 여물게 하는 가르침이고 깨달음이었다.

여행은 자기 발견으로 끝나지 않는다. 유럽여행을 통해서 내가 살고 있는 땅, 나에게 연결된 핏줄들, 나를 길러준 민족과 사회, 나를 잉태했던 역사를 다시 바라보게 되었다. 그것은 무관심, 혹은 타성에 젖어 나의 관심과 인식 밖으로 밀려나 있던 나의 배경을 다시 따뜻하고 애정 어린 눈으로 바라볼 수 있게 하는 것이었다.

고국을 떠나 로스앤젤레스 땅에 살며 한 그루 나무를 보면서 내 땅에 선 나무를 다시 그려 보았고, 낯선 땅에 앙금으로 쌓인 역사의 유적들을 보면서 내 땅의 역사를 생각했다. 그것은 단순히 지성적인 인식만을 뜻하는 것이 아니라 뜨거운 애정을 곁들인 바라봄이었다.

여행을 통해서 나는 진정한 인류애를 생각하기 시작했다. 비록 피부 색깔이 다르고 삶의 양식에 차이가 있을지라도 본질적인 삶의 애환을 나와 똑같이 나누어지고 있다는 사실을 눈으로 확인하면서 같은 시대의 이웃에게 느끼는 강한 연민과 애정이 함께 솟아왔다. 그들이 그들의 것을 소중하게 여기는 것만큼, 우리네의 것 소중하고, 나와 우리가 존중되어야 하는 것만큼 그들도 존중되어야 한다는 교과서적인 도덕성 그 이상이었다.

그것은 바꾸어 말하면 사랑이었다. 그 사랑은 내게 연관된 것만 사랑하는 것이 아니고 인류 전체, 세계 전체를 사랑해야겠다는 유혹이었다. 여행은 이러한 생각을 통해서 나그네를 넉넉하게 하고 너그럽게 만들었다.

사랑한다는 것은 내 마음 안에 깊이 머물게 되는 것이므로 곧 소유하는 게 아닐까 한다. 그런 면에서 여행은 나를 사랑하고, 내 이웃을 사랑하고, 끝내 세계를 사랑하게 하므로 더 크고 더 넓은 것을 소유하게 하는 게 아닐까.

모노(Mono) 레이크의 촛대바위

사막이 잠에서 깨어나는 때는 이른 봄이다.

목마를 때마다 쩍쩍 몸은 갈라지고 뜨거울 때마다 몸에 촘촘히 가시

를 달고 견디는 선인장 행렬도 여린 연두색으로 다시 태어나는 것이다.

LA를 떠나 맘모스레이크로 향하는 길목에서는 사계절의 다양한 모

습과 만난다. LA에서는 좀처럼 보지 못했던 자연의 무한한 정취이기도 하다. 푸릇푸릇한 유록색의 덤불 숲 사이로 빠져나오는 여린 풀잎과 그 사이로 엿보이는 꽃망울을 지나면 아지랑이 속에서 하얀 물꽃이 반짝인다. 그것은 소리 없이 와서 풀잎에 살짝 매달려 정교한 구슬로 작은 빛살을 쏜다.

모하비 사막 길에 있는 여호수아 트리(Joshua Tree)는 항상 두 손을 뻗쳐 하늘 향해 구도자의 자세로 행렬을 이룬다. 이는 구약에 나오는 지도자 여호수아의 모습이라 하여 여호수아(Joshua) 트리로 불린다. 사막 저편에 보이는 휘트니산(Mt. Whitney)은 만년설을 정수리에 얹고 하늘 높이 솟아 있는 장엄하고 험준한 산으로 그 높이가 11,000 Feet(약 3,300m)라 했다. 태고의 자연이 숨 쉬고 있는 거대한 가슴, 끝없이 밀어 닥치는 아름다움에 숨이 막힌다.

그렇게 395번 도로로 북상하다가 맘모스레이크 시를 지나서 북쪽으로 20분 정도 더 가면 거기 신비의 호수 '모노레이크'를 만난다. 나는 이 모노레이크를 한국의 해금강이라 부르고 싶다. '모노(Mono)'라는 말은 이 땅의 주인이었던 인디안 원주민 요거크 부족의 말로 파리라 하는데 실제로 모노레이크 주변에는 엄청난 파리 떼가 우글거리고 있다.

동계올림픽의 산실이라 할 맘모스레이크와 그 울창한 숲 속 가까이에 이러한 기묘한 호수가 있다니 상상을 초월할 정도이다.

황혼에 만난 모노레이크는 나를 황홀경 속으로 몰아넣었다. 그것은 참으로 하나의 거대한 꽃잎이었고 수백의 촛불이었다.

한국의 남해에 자리한 해금강의 촛대바위들, 그 촛대바위들이 오늘은 내 앞에 와서 붉은 빛을 쏟아내고 있었다.

모노레이크에 다다르면 호수 주변에 기묘한 모양의 여러 가지 돌탑들을 볼 수 있는데 이 기묘한 바위를 투파(tufa)라고 한다. 이 바위는 구멍이 송송 뚫린 돌들로 호수 바닥의 지하에서 많은 칼슘덩이인 지하수가 호수로 올라오면서 석회석과 유사한 칼슘덩어리의 바위로 생성된 것이다. 영화나 달력에서 또는 유명 사진작가들의 작품에서 보았던 예술품이었다.

모노레이크는 해발 6,380피트에 위치한 산상호수로서 약 70만 년 전의 화산활동으로 생긴 북가주 지역에서 가장 오래 되고 아름다운 호수로 손꼽힌다. 크기는 297만 에이커로 서울 면적의 1/3에 해당된다니 크기가 엄청나다.

맘모스레이크 주변의 호수인 June Lake, Twin Lake, Giant Lake, Silver Lake, Seagull Lake, Maria Lake들의 호수에서는 무지개 송어(Rainbow Trout)가 고기 반 물 반이라 할 정도로 낚싯대만 드리우면 잡히는데, 이곳 모노레이크만큼은 그 해당사항에 맞지 않는다.

시에라네바다 산맥의 일부 물줄기가 들어오지만 뜨거운 사막기후로 물이 증발되어서 바닷물의 5배나 되는 염분과 알칼리 함유량 때문에 전혀 물고기가 서식할 수 없는 호수가 되어버렸다. 물속에는 유일한 생명체인 모기만한 크기의 아르테미아 새우가 고작이다. 이 새우는 전 세계에서 몰려온 철새 떼들의 먹이로, 영양을 보충하고 떠나는 새들의 천국이기도 한 모노레이크.

시에라네바다 산맥의 일부 물줄기가 들어오지만 뜨거운 사막기후로 물이 증발되어서 바닷물의 5배나 되는 염분과 알칼리 함유량 때문에 전혀 물고기가 서식할 수 없는 호수가 되어버렸다. 물속에는 유일한 생명체인 모기만한 크기의 아르테미아 새우가 고작이다. 이 새우는 전 세계에서 몰려온 철새 떼들의 먹이로, 영양을 보충하고 떠나는 새들의 천국이기도 한 모노레이크.

한참 커다란 망원렌즈로 새들을 향해 초점을 맞추고 있는 생물학 교수를 만났다. 시애틀에 있는 워싱턴대학교의 교수로 1년이면 7~8회 이 모노레이크에 와서 생태계를 연구하고 있다는 William 교수는 이렇게 말해주었다.

"몇 년 전만 해도 해마다 35종류의 바닷새들이 찾아오고 200만 마리의 물새들이 모여들었는데 점점 더 뜨거워지는 사막기후 때문에 물이 증발되니까 철새들도 많이 줄어요. 그렇지만 지금도 계속 자라고 있는 신기한 저 돌탑을 보세요. 얼마나 신비로운가를ᅳ. 나는 이곳에 올 때마다 햇빛에 반사되는 돌기둥의 색깔과 시시각각 변화를 주는 저 물 빛깔을 무척 사랑한답니다."

모노레이크에 거울처럼 비치는 산 그림자, 노을빛을 담아 반짝이는 호수의 수면은 자연이 빚어내는 가장 달콤한 예술이 되어 있었다.

산, 그 침묵의 위로

출생은 시골이었지만, 줄곧 도시에서 자라고 학교에 다녔기 때문에
나의 성장과정에서, 산에 관해서 그다지 큰 추억을 갖고 있지 않았다.
대학시절 한창 등산이 유행하던 터라 친구들과 산에 올라보는 기회가
더러 있었지만, 그때는 산 그 자체의 의미보다는, 친구들과의 산행이

라는 데 더 재미가 있었다.

산이 내게 다가와 의미를 던져주기 시작한 것은, 시간이 흐르고 삶의 의미를 되새겨 볼 수 있는 나이가 되면서부터였을 것이다. 그것은 산 그 자체의 자연적 조건으로 내게 파악된 것이 아니고, 내 삶의 도정에서 부딪쳤던 산 같은 인격, 산 같은 인내, 산 같은 침묵 등의 인격 상징체로서 관심이었다.

솔직히 나는 산이 지닌 그 자연적 지식에는 교과서적 상식밖에 가진 게 없다. 산을 멀리서 바라보며, 삶의 애환을 통해서 받는 묵시적 인상이 나에게는 더 깊고 큰 의미가 되는 셈이다.

요즘 가끔 어렵고 풀기 힘든 일, 답답하고 괴로운 사연이 있으면 혼자 차를 몰고 집 뒤쪽 그리피스 팍이 있는 산을 올라본다. 산정 부근에서 차를 세우고 멀리 뻗쳐 있는 산맥과 봉우리들을 긴 시선으로 바라보곤 한다. 그렇게 지향 없이 산을 바라보고 있노라면 산은 소리 없는 많은 이야기를 나에게 해주었다.

산을 위해서 나무 한 그루 심은 적이 없고 돌 하나 채워주지 않았지만 산은 괴롭고 답답할 때 찾아오는 나를 군소리 없이 받아주고 위로해 주곤 하였다.

바다는 멀리 넓게 열려 있으므로 우리에게 구속감 없는 자유를 느끼게 하고, 수평선 너머로 펼쳐진 하늘에 미래의 꿈을 띄우도록 허락

한다. 그에 비해 산은 높이 솟고 깊이 내려앉아 산속으로 접근하면
할수록 거칠고 험한데도 우리의 마음에 바다보다 더 포근한 안정과
위안을 주는 것은 무엇일까?

　그것은 먼저 산의 거대한 말없음 때문이다. 바다는 거대하지만 해조
음으로 산만하고 끝없이 유동한다. 거기에는 모험과 도전이 기다리고
있다. 그러나 산은 그 거대한 몸을 부동의 자세로 앉히고 무거운 침묵
을 지킨다. 산에서는 사람이 바다에서처럼 큰소리로 말할 필요가 없다.
산의 고요를 깨뜨리지 않고 속삭임으로 말해도 되는 곳이 산이다.

　산은 우리에게 평화를 준다. 그러나 우리가 산에서 더 큰 영혼의 위안을 누리게 되는 이유는 산은 인간의 고향이기 때문이다. 바다가 항시 타국, 타인의 얼굴로 우리 앞에 선다면, 산은 항시 고향, 친구의 얼굴로 우리를 맞는다. 우리가 지닌 모든 연약한 것을, 모든 부끄러운 것들로 산은 한없이 자애로운 어머니처럼, 덤덤히 그러나 깊은 관용의 아버지처럼 수용하고 포용한다.

산에 오면 비로소 우리가 자연의 품에 안긴다는 의미를 피부로 체험한다. 그러나 산에서 더 큰 위안과 희망을 갖게 되는 것은 산이 우리를 높여주기 때문이다. 바다는 우리를 침몰시키려 하지만 우리가 산에 접근하면 산은 우리를 한 걸음씩 한 걸음씩 더 높여준다. 우리가 인내하고 산의 섭리를 따르면, 머지않아 산은 우리를 정상으로 이끌어 준다. 그것은 단지 물리적 차원의 높음만이 아니고 우리의 마음까지 높여준다. 나는 숲 속에 갈 때마다 그 우람한 산의 모습 속에서 내 영혼의 상처를 고침 받고 고고한 정신을 얻는다.

날마다 낮아지면서도/ 여전히 높은 그대

온갖 것 가슴으로 안으면서도/ 더 넓게 비어가는 그대

한번도 배반하지 않으면서도/ 언제나 고독한 그대

아무리 오래 마주 앉아도/ 끝내 말없는 그대

　　- 졸시 〈산〉 전문

3월에 만난 맘모스레이크(Mammoth Lake)

겨울의 끄트머리에 서서 숲 속을 거닐고 싶다는 생각을 했다.

숲과 호수에 반해 20여 년 전에 마련한 오두막보다 약간 큰 통나무 집이건만 찾을 때마다 그 맘모스레이크는 새로운 얼굴로 나에게 다가오곤 했다.

때마침 캐나다에서 온 언니와 함께 여행 겸 맘모스(Mammoth)레이크로 향해 떠났다.

로스앤젤레스에서 동북쪽으로 5시간정도 달려서 세코어(Sequoia)숲을 만났다. 세코어 나무 그 진한 나뭇잎 내음을 즐기면서 참 잘 왔다는 생각이었다. 조잡스레 도회의 한 귀퉁이에서 벌였던 미움과 질투와 불만족이 하나같이 봄 눈 녹듯 멀리 사라지는 것을 의식할 수가 있었다. 자연 속에서 느끼는 새로움은 세상을 바라보는 눈을 너그럽게 해준다.

맘모스 주변에 산재해 있는 26개의 호수는 고요하고, 바다처럼 넓게 덜 깬 겨울잠에 잠겨 있었다. 온갖 사물들이 죽은 듯 정지된 채, 바다 밑보다 차가운 고요와 적막이 밀려 쌓인 만년설에 덮인 낙엽을 밟으며 걸으니 야릇한 흥분이 인다. 호숫가를 끼고 들어선 잔가지 사이의 숲은 그윽하게 자연의 냄새를 풍겨주었다.

Old Mammoth시의 Miranet 길을 따라 Mammoth Village까지 가는 길은 신비로우리만큼 원형 그대로의 숲길이었다. 크리스마스카드에 등장하는 곧게 뻗은 전나무 길이 바로 이곳이 아닐까 싶다.

숲속에 자리 잡은 별장들이 한 폭의 그림이며, 동계올림픽 때마다 선수들을 그 큰 가슴 안에 안았던 대표적인 장소이기도 한 이 맘모스 레이크는 스키어들이 최고로 손꼽는 국제적인 스키장이기도 하다. 12월초가 되면 도시 전체가 크리스마스 장식에 여념이 없어 그 온갖 장식을 한 마차가 뽐내며 도시에서 퍼레이드를 펼치기도 한다.

숲 속의 지붕까지 눈을 뒤집어 쓴 통나무집들은 창문 사이로 반짝반짝이는 불빛으로 사람이 그 안에 있구나 감지하기도 하는 것이다.

시내에서 5분만 나오면 호수, 호수, 호수.

이따금 산허리를 넘어오는 마른 바람이 나뭇가지를 오만스럽게 흔들고 지나갔다. 등성이마다에는 키대로 자란 울울한 잡목이 병풍처럼 서로 몸과 가지를 맞댄 채 하늘을 우러러 서서 저마다의 다정한 이야기를 나누며 곧 다가설 봄을 기다리리라. 차갑게 침묵하고 있는 호수

를 바라보며 생각에 잠겨본다.

내 지나온 발자취를 뒤돌아보기도 하고 세상의 온갖 잡다한 생각들이 꼬리를 문 채 한동안 정지상태에 있었다.

깊은 상념에서 깨어났을 땐 제법 겨울의 짧은 해가 기울고 있었다. 한낮이 기운 고요 속에서 산새가 마른 입술로 고독을 씻고 있을 즈음, 영롱한 유년의 추억들이 울적한 사념과 더불어 나뭇잎 배를 타고 저편 언덕으로 내밀려 갔다.

인간의 간교함과 거짓투성이를 버리고 묵묵히 자연의 섭리대로 살며 늘 푸르게 머물러 있는 호심 속에 내 육신의 분신을 털어내서 말끔히 씻고, 다시는 허욕에 버둥대지 않고 싶다.

또 한 차례의 세찬 바람이 산정을 뒤흔들며 잡목 숲을 가르고 지나갔다. 무수히 호수 위에 떨어진 낙엽은 실향민처럼 저 멀리 산기슭으로 내밀려 나갔다. 호수는 다시 평온을 찾고 온갖 사물들의 추하고 더러운 것을 가리지 않고 받아들여 냄새를 씻고, 때를 지우며 언제나 변함없는 그내로이어서 좋있다.

건너편의 산 그림자를 조용히 건네주고 호수는 바람의 심술을, 산새의 울음을, 낙엽의 병든 아픔을 언제나 수면에 띄워 고운 마음으로 쓰다듬는다.

이처럼 자연은 우리에게 참다운 삶의 방법과 인내의 미덕을 무언중에 제시해 준다. 우리의 목숨이 반딧불처럼 순간에 꺼져가더라도 수천 년의 기나긴 세월을 유유히 버티고만 있는 그 의연한 힘 앞에 겸손의 미덕을 배운다.

문을 닫는 계절, 가을에 서서

가을은 문을 닫는 계절이다.

여름내 열어두었던 모기장 덧창문 안의 봉창이나 유리창 문을 다시 손질해서 닫는 시간이 가을이다. 그러나 문을 닫는 것은 우리네 가옥의 문만은 아니다. 여름내 무성했던 이파리를 털고 나무들도 가지마다 열렸던 창을 닫는다. 여름 동안 성장과 변용을 거듭하던 갖가지 곤충들도 누에고치 속에 들어앉아 문을 닫는다. 산속의 다람쥐나 토끼, 곰 따위의 산짐승들도 자기 거처의 문을 닫고, 도시의 버스나 바다의 여객선, 그리고 산간 철도를 달리는 기차들도 창문을 닫는다. 한참 풀어헤치고 다니던 옷깃도 여미고 단춧구멍을 채우는 등 의상의 문(?)도 닫는다.

문을 닫는다는 것은 안과 밖의 경계를 분명히 한다는 의미가 있다. 외부와 내부가 더 이상 공존할 수 없다는 뜻이다. 외부는 외부 대로의 성격을 분명히 하고 내부는 내부 대로 그 실재를 확인하는 것이다.

가을에 문을 닫는다는 것은 그래서 외부로부터 내적 충실을 확인하는 것이며, 외부로부터 수납한다는 뜻이며, 향유한다는 뜻이다.

또한 이는 바깥이 비게 된다는 의미이고 내부는 축적된다는 뜻일 것이다. 하나님은 이렇게 가을이라는 계절을 통해서 문을 닫게 하심으로써 사물의 재고정리랄까, 수지계산이랄까를 매듭짓고 넘어가도록 요구하시나보다.

그런데 문제는 이 닫는 계절에 닫아도 닫는 것 같지도 않고 내부와 외부를 단절해서 갈라도 가를 수 없는 상태가 생길 수 있다는 것이다. 그것은 내부에 담을 것이 없거나 향유할 것이 없을 경우가 그것이다. 이러한 경우 문 닫는 계절, 가을은 슬픔과 당혹의 시간이며 괴로움과 부끄러움의 길목일 것이다. 그것은 여름의 뜨거웠던 시간을 의미 없이 보냈다거나 그 풍요한 세월은 거두지 못했다는 뜻이며, 그 넉넉했던 강물에서 그 무엇인가도 낚아 올리지 못했다는 상황일 것이다. 다시 말해서 허영과 사치 속에서 진실과 아름다움을 잃었다는 뜻이고, 교만과 위선 때문에 겸손한 이웃을 잃고 따뜻한 애정을 놓쳤다는 의미이다. 꽃은 있었으나 열매가 없다는 것이며, 작위와 시도는 있었으나 결과는 빈약했다는 뜻이다. 이렇게 되면 가을은 비정하고 혹독한 시간이 된다. 그것은 고독과 단절, 버림과 소각의 시간이기 때문이다.

허나 참으로 다행스러운 것은 계절의 순환을 타고 다시 봄이 오리

우리가 나뭇잎 떨어지는 가을을 만나 느끼는 것은, 살아온 지난날이 무상의 세월로 묻히고 우리의 손안에서는 허허로운 바람만 휩쓸고 지나간다 하더라도, 릴케의 「가을입니다」를 한번 입 속으로 굴려보는 것만으로도 가을은 우리 삶을 의미 깊게 만들어 주는 것이다.

라는 것이다. 그것은 희망이다. 논두렁 밭두렁의 잡초로서 가을철의 등불에 타버린 풀포기 하나라도 그 뿌리는 어둡고 답답한 지하에서 다시 봄을 기다린다.

아무리 수확이 좋지 못했던 과일나무라도 다시 봄이 온다는 사실, 그리고 다시 시작할 수 있다는 희망이 있기에 과수원 지기는 그 나무의 밑둥치를 잘라버리지 않는다. 가을과 봄은 이런 의미에서 좌절과 희망의 명대사이다. 이 좌절과 희망의 반복에서 사물은 나이테를 만들고 매듭을 짓고 무게를 지니게 된다. 우리가 살아가는 삶에도 이러한 가을과 봄이 교차되고 있음을 누구도 부인하지 않는다. 누군가는 '눈물에 얼룩진 빵을 먹어보지 않은 사람과는 인생을 이야기하지 말라' 고 했다. 진부하고 낡은 것 같은 이 말도 빈약한 가을을 맞이하고, 봄을 다시 기다릴 수밖에 없는 사람들에겐 새로운 의미를 지니고 접근해 오는 명언이기도 하다. 그리고 그것은 우리 삶의 나이테를 만들고 매듭을 만들고 무게를 지니게 해준다.

우리가 나뭇잎 떨어지는 가을을 만나 느끼는 것은, 살아온 지난날이 무상의 세월로 묻히고 우리의 손안에서는 허허로운 바람만 휩쓸고 지나간다 하더라도, 릴케의 「가을입니다」를 한번 입 속으로 굴려보는 것만으로도 가을은 우리 삶을 의미 깊게 만들어주는 것이다. 헌데 가을 잎이 떨어지거나 혹독한 삭풍이 없는 로스앤젤레스에서 그다지 가을답지 않은 가을을 슬쩍 넘겨 보내는 나는, 그것이 그저 로스앤젤레스의 가장 좋은 기후를 맞이하고 있다는 반가움뿐이 아니다. 어쩐지 매듭 없이 살아가는 데 불안을 느끼는 것은 불철주야 바쁘게 뛰기만 하는 우리네 이민살이 중에 느닷없이 다시는 봄이 오지 않는 가을, 당혹과 비정의 문 닫는 시간을 맞는 사람들을 여기저기서 목격하기 때문이다.

Hollywood Bowl Summer Festival

금년에도 로스앤젤레스가 자랑하는 '할리우드 볼 썸머 페스티발 (Hollywood Bowl Summer Festival)'이 미국독립일을 기념하여 개막되었다. 2개월 남짓 매일 연주되는 할리우드 볼의 축제는 모차르트의 심포니 34번으로부터 시작되었는데 미국이 낳은 젊은 Bruce Brubaker가 연주한 모차르트의 피아노 콘체르토 F.K 459는 LA필하모닉과 조화를 이루며 완벽에 가까운 앙상블의 극치를 보여주었다.

달빛이 펼쳐놓은 무한의 고요 속으로 풀벌레들의 음성이 사방으로 번져나가서 종래는 하나의 말이 되어 음악 속에서 아름다운 조화를 이루고 있었다. 숲은 수묵화처럼 어둠 속에 젖어 있었지만 잠든 것은 아니었다. 그것은 무한대로 뻗어나가 잎을 흔들고 있었다.

할리우드 볼은 사방이 숲으로 둘러싸여 있고, 원형의 무대를 중심으로 3만의 관중석이 계단식으로 펼쳐져 있었다. 그 넓은 숲 속에 스피커가 요소요소에 숨어 있음인지 숲 어디에서든 청명한 소리가 음악

애호가들의 가슴을 흔들었다.

헨델의 수상음악과 비발디의 사계, 베토벤의 피아노 콘체르토 5번과 심포니 7번은 신비한 화음의 언어로서 시공 위에서 은은히 빛나고 있었다. 베토벤의 피아노 콘체르토 5번, 일명 황제를 연주한 알프레드 브렌들(Alfred Brendel)의 피아노는 자신의 화려한 기교만을 뽐내려 하지 않고, 피아노 위에서 군림하지 않으면서 유감없이 발휘되어 원숙기에 접어든 그의 음악세계를 보는 듯했다.

할리우드 볼 오케스트라의 지휘자 John Mauceri의 열정적인 지휘는 뮤지컬 「왕과 나」의 협연에서 예술의 한 부분으로 부각되기도 했다.

젊은이들의 환호 속에서 군림한 재즈 가수 엘라 핏제럴드(Ella Filtgerald)는 가히 살아있는 보석이라 할 만했다. 미국에서 가장 인기 있는 재즈 가수로 각광을 받고 있는 그녀는 젊은이들에게 영원히 잊지 못할 재즈의 밤을 남겼다.

슈베르트의 〈Great〉나 바하의 바이올린 콘체르토 1번의 환상적인 멜로디와 특히 한국이 낳은 세계적인 바이올리스트 정경화의 연주, 베르그의 바이올린 콘체르토는 그동안 그녀가 쌓아올린 실내악 분야의 성과에 걸맞게 피아노와 완벽에 가까운 앙상블을 보여주었다. 무대 위의 마녀처럼 연주가 끝나고 그녀를 향한 열렬한 객석의 호응은

같은 민족의 자랑스러움이었고 나에게 깊은 감동으로 전달되었다.

　스트라빈의 〈불새〉와 차이코프스키의 〈심포니 4번〉과 〈서곡 1812〉는 할리우드 볼이 자랑하는 불꽃놀이의 축포 속에서 또 한 번 승화되었다.

그 환상적인 별밤의 축제는 어둠을 깨뜨리고 생명의 힘찬 역동으로 이어졌다. 꺼지지 않는 불씨로 남아 내일의 시작에 새로운 활력소가 될 것이기 때문이었다.

모차르트의 밤, 그리고 〈웨딩마치〉와 〈한여름 밤의 꿈〉이 연주되는 멘델스존의 밤은 자못 영양가 좋은 조형을 포식시켜준 행복한 여름밤의 연주가 되었다.

베르디, 푸치니의 가극 중 〈나비부인〉, 〈토스카〉를 노래하기 위해 이탈리아에서 날아온 성악가들의 노래는 일요일 저녁 석양 속에서 피어올랐고, Respighi의 〈Pines of Rome〉이 연주될 때는 예의 불꽃놀이가 다시 한 번 축제의 분위기로 몰고 갔다.

차이코프스키의 바이올린 콘체르토를 연주한 한국의 사라 장의 연주도 이제 성년답게 기교나 악상 등 잘 다듬어진 고전미를 유감없이 전달해준 명연이었다.

매년 여름이면 미국의 독립기념일인 7월 4일을 전후하여 2개월간 매일 할리우드 볼에서 연주되는 이 음악의 축제는 음악 애호가들에게 더없는 큰 선물이며 매년 계속될 것이다.

할리우드 볼의 신선한 밤공기 속에서 별빛은 산에게, 나무에게, 풀벌레에게 명상법을 보여주었고 매일 연주되는 음악 축제는 영겁을 잇는 순간의 노래를 음악애호가들의 가슴속에 심어주고 있었다.

수묵화 같은 사람

수묵화 같은 사람을 만날 때가 있다.

단지 먹물 한 가지 색으로 화폭 위에 넓은 공간을 유지하면서 담백하게 그려진 난초 한 포기의 그림. 힘차게 뻗쳤으면서도 혼잡하지 않은, 검어서 오히려 깨끗한 난초의 그림처럼 단아한 아름다움으로 지성적이면서도 겸손한 인격을 만날 때가 있다.

수묵화는 단순한 흑백의 농담으로 표현하는 그림이지만, 그 표현의 심도와 묘미에 채색화가 따르지 못한다. 사물의 현란한 색채를 흑백으로 통일시키면서 표현되는 수묵화는, 보이는 물질의 세계를 보이지 않는 정신의 세계로 바꾸어 나타내는 수묵화─. 그 수묵화 앞에서 우리는 비로소 난초 한 포기가 지닌 외양의 시각에서 그 풀잎 하나가 지닌 의미의 시각으로 시선을 넓히게 되는 것이다.

수묵화 같은 사람, 그는 생각이나 감정을 표현할 때 '수식어'라는 색깔을 함부로 섞지 않는다.

현란한 수식어를 어지럽게 나열하면서 진실을 숨기는 사람들 속에서 모든 수식어를 생략하고 한 마디 진실을 명료하고 담백하게 표현하는 이를 만날 때, 우리는 혹사되는 촉각신경의 쉼을 얻게 되고, 신뢰와 평화의 세계와 만난다.

그러나 수묵화가 단순한 흑백의 그림이기에 더 많은 수련이나 정진이 요구되듯이, 수묵화 같은 인격 또한 숱한 고뇌와 사색을 통해서 얻어지는 게 아닐까? 백치같이 순진하거나 무식한 사람의 단순함이 아닌 너무 많은 사연과 만만찮은 지성을 안으로 담고 겸손히 표현되는 인격일 것이다.

얼마 전에 로스앤젤레스 국제공항에서 본 광경이다. 승객들이 나오는 출구에서 한 사십대 초반의 남자에게 어린아이 둘이 달려가서 반갑게 매달린다. 그리고 형제인지 모를 남자 서넛이 또 얼싸안고, 악수하고 등을 두드리며 에워싼다. 그리고 또 집안어른인 듯싶은 노인 서넛이 접근해서 그 남자의 손을 번갈이 잡고 흔들며 놓아주지 않는다.

가족 간의 영접이지만 뜨거운 정이 오고 가는 만남이었다. 그런데 그 남자를 영접하는 곁에서 아까부터 얼굴에 그윽이 미소를 담은 채 조용히 서 있는 부인이 있었다. 틀림없이 그 도착한 남자의 부인으로 보이는데 말없이 조용히 서서 지켜보기만 했다. 지성이 엿보이는가 하면 순박한 티가 있고, 가냘픈 여성미를 지녔으면서도 결코 가벼워 보이지 않는 자세로 뒷전에서 친구들이 받아서 넘겨준 남편의 손가방을 들고 눈빛으로만 남편을 맞들고 있었다. 나는 그 여인에게서 호들갑스럽게 볼을 부비고 키스를 퍼붓는 서양 사람들의 만남의 자세와는 다른 무겁고 깊은 신뢰와 사랑의 만남을 보았다. 그것은 수묵화로 그려진 한 포기 난초의 그림이었다.

요즘 사람들은 자기표현을 적극적으로 해야 한다고 말한다. 그리고 그러한 풍조와 분위기 때문인지 요즘은 자기 선전의 목소리가 여기저기서 드높다. 그러나 자기표현에 능란한 사람일수록 그 사람의 진실성은 빈약해 보이는 것은 두려운 일이다. 그것은 그 사람이 진실성이 없어서라기보다는 그가 지닌 진실성이 너무 과대하게 표현되기 때문일 것이다.

나는 공항에서 본 말없는 수묵화 같던 여인에게서 진실로 잘 표현되는 자기 표현의 예술을 보았다.

밤마다 별이 되는 남자

글렌데일 시의 산동네로 이사를 하고 나서 가까운 거리에 있는 교회를 찾은 일요일 아침이었다. 음악회에서나 시낭송 모임에서 만나왔던 윤 교수의 뒷모습에 우선 반가웠다.

"안녕하세요, 교수님!"

"어! 김 선생이 여길 어떻게 나오셨나?"

그 특유의 하회탈 볼로 타이를 상징처럼 매달고 백발의 윤 교수는 시원한 웃음으로 다가왔다.

"이 동네로 이사 오게 되어서 이 목사님도 만나 뵈려구요."

"그럼, 친교시간 후에 김 선생도 '면사모'에 나오겠소?"

"네? 면사모가 뭔데요?"

"면사모는 자장면을 사랑하는 모임인데 대단한 음식점이 아니에요. 마켓 안에 있는 자장면 집에서 자유롭게 네 사람씩 둘러 앉아 '가위, 바위, 보'해서 이긴 사람이 네 명의 자장면 값을 내는 거지."

대스밸리의 석양

그가 영원한 우주의 별들과 밤마다 만날 수 있는 것은 별처
럼 정직하고 깨끗한 정신의 인간으로 밤하늘 아래 홀로 설
수 있기 때문일 것이다. 그는 어쩌면 이 땅에서 이미 밤마다
별이 되고 있는지도 모를 일이다.

"좋아요."

내가 참여의 뜻을 비치자 내친김에 윤 교수는 한걸음 더 나간다.

"면사모 회원이 한 3,000명쯤 되면 그땐 내가 총재를 하지, 허허허…."

그래서 참석한 면사모에서는 다소 왁자지껄하지만 교회 이야기를 빼고 세상사가 도마 위에 오르기도 하고, 저마다 살아가는 주변 이야기로 목청을 돋우기도 한다.

윤 교수도 빠지지 않는다.

"난 퇴직하면 우편배달부가 되고 싶었다구. 남의 소식을 전해주는 우편배달부! 얼마나 매력적인가 말이야. 헌데 그걸 못해보고 미국에 와버리다니…."

윤 교수는 J대 신문방송학과 교수로 15년간 봉직하며 문과대학 학장도 역임한 석학이다. 또 〈Korea Herald〉 영자 신문을 최초로 만들어냈으며 〈Times〉라는 월간지의 편집을 도맡아 했던 한국의 영어박사라 할 분이다. 그런데 우편배달부가 하고 싶었다니! 그 의외의 꿈을 가진 것에 나는 나이 들어도 약간 센치한 소년 같다는 느낌은 아직 그의 현존에 관해서 아는 바가 없는 소치였다. 다시 말하면 우편배달부가 되고 싶었다는 희망은 현재 그의 삶의 방식에 비하면 약과였다.

면사모 모임이 끝나고 찻집으로 자리를 옮겨 한창 얘기를 나누다가 윤 교수가 일어났다.

"먼저 일어납니다. 오늘밤에 일을 하려면 지금 가서 잠을 좀 자두어야 하니까."

윤 교수는 미련 없이 찻집의 문을 나가는 것이었다. 아니, 밤에 일을 하시다니! 칠순의 그 나이에? 이어서 나는 옆 사람의 설명에 "아!" 하고 낮은 감탄을 금치 못했다.

그는 지금 모 인쇄회사의 야간 시큐리티 가드로 일한다고 한다. 백발의 시큐리티 가드! 그는 백발 때문에 낮에 일할 수가 없단다. 보는 사람들이 백발에 무슨 '시큐리티 가드'냐고 핀잔을 주거나, 또 어떤 이들의 너무 값싼 동정 때문에.

제자들도 염려가 되어서 말렸지만 오히려 윤 교수는 그들을 질책했다고 한다. 그들을 질책할 때 피력한 그의 노동에 대한 지론은 이랬다.

"이것은 내 생활 터전이야. 자식들은 모두 출가해 버렸는데 하루 종일 빈둥거리란 말이야? 난 그렇게는 못해. 나에게는 잘해주고 싶은 아내가 있다고. 내가 아내를 위해서 벌고 쓸 수 있다는 게 얼마나 떳떳한가 말이야. 뿐만 아니야, 야간 근무를 하면서 튼튼한 다리로 서서 밤하늘과 대화를 하지, 어느 땐 별이 하늘 가득 쌓이고 또 손닿는 곳까지 내려오는데 이런 대우주의 절경을 보고 또 대화를 나누는 감격

을 누가 알겠어! 당신네들은 모르는 기쁨이지. 참으로 감사할 일이
고….”

나는 가슴이 메어오는 것을 느꼈다. 그러나 그것은 윤 교수를 동정
하는 따위의 치졸한 감상 때문이 아니었다. 정말 여기 주어진 삶을
끝까지 아름답게 사는 분이 있구나 싶고 그런 자기 삶에 대한 정직하
고 당당함에 대한 부러움을 넘어 잔잔하게 밀려오는 감동으로 내 가
슴이 흔들렸기 때문이다.

이 한인촌에서 왕년에 한 가락 하신 분들의 한국에 두고 온 그 ‘금송
아지’들 때문에 우리는 얼마나 멀미를 느꼈던가. 아니, 나 자신 얼마
나 위선과 가식의 남루로 마음의 가난한 삶을 가리려고 버둥댔던가.
얼마나 많은 사람들이 부질없는 체면의 족쇄와 무거운 위선의 쇠사슬
에 매여 끙끙거리며 살아가고 있는가. 과거의 저울에 달아서 자기 실
존의 무게를 부풀리다가 그럴수록 더 삶은 빈약해지는 자기 존재의
허상이 깨질까봐 자기 주변에 견고한 담을 쌓거나 아니면 주변의 시
선을 느끼지 못하는 철면피가 되기도 했다.

그런 사람들과는 달리 과거의 체면을 훌훌 벗어버리고 맨몸으로도
자기 삶을 당당히 살아가는 윤 교수의 삶의 자세가 오랜 가뭄 끝에
내리는 소나기를 맞은 것처럼, 아니 목마름 끝에 마시는 시원한 냉수
처럼 나는 신선한 감동을 받았다.

그가 자유라는 소중한 재산을 누리기 위해서 먼저 정직하였다는 게 내 생각이었다. 자기 영혼의 알맹이에 군더더기 포장을 거부하였다. 아니 어쩌면 그 알맹이보다 훨씬 더 겸손하게 내려서서 넉넉하고 편안한 자유를 누리고 있었다. 그는 어쩌면 정신빈곤의 이민촌에서 마음의 부요와 정신의 자유를 누리는 몇 안 되는 남성인지도 모르겠다.

윤 교수의 너털웃음에서 나는 사람이 중량의 무게를 스스로 달아보며 진솔하게 살아가는 삶의 즐거움은 아무도 빼앗거나 흉내낼 수 없으리라 싶다. 윤 교수가 밤하늘의 별을 바라보며 경탄과 감동에 잠긴다는 것은 평범한 사람들의 생각을 초월한 기쁨을 누리고 있다는 게 아닐까.

요즘도 주일이면 '면사모'들은 조촐한 간이식당의 테이블에 앉아서 자장면을 즐긴다. 아니 인간들의 향기를 즐긴다고 보아야 하겠다. 그들 속에 앉아서 거침없이 탁월한 인간사의 해부, 풍부한 유머와 인간미로 좌중과 너털웃음을 나누는 윤 교수!

'하회탈' 볼로 타이를 상징처럼 매달고 백발의 윤 교수는 오늘 저녁에도 밤하늘의 찬란한 별들과 만나고 있을 것이다. 그가 영원한 우주의 별들과 밤마다 만날 수 있는 것은 별처럼 정직하고 깨끗한 정신의 인간으로 밤하늘 아래 홀로 설 수 있기 때문일 것이다. 그는 어쩌면 이 땅에서 이미 밤마다 별이 되고 있는지도 모를 일이다.

목련 같은 여인

며칠째 비가 내리고 있다.

‘지향 없는 봄비’라는 말 그대로, 지난겨울부터 갈증의 도시, 로스앤젤레스에 여기저기 물난리를 일으키며 비가 오더니, 3월도 다 가는데도 며칠째 봄비가 내리고 있다.

나는 오후 내내 식탁에 커피 한 잔 앞에 두고 비 오는 창 밖을 내다보고 있다. 옆집 뒷마당의 자목련 한 그루가 빗속에서 피운 꽃잎을 한 잎씩 무겁게 지우고 서 있다.

창유리로 흘러내리는 빗물을 통해서 보이는 자목련들은 마치 굵은 터치의 붓끝으로 채색된 화폭을 들여다보는 것처럼 아름답다. 그것은 구상과 추상을 혼합해서 처리한 ‘목련꽃 뜨락’이란 이름이 붙을 만한 한 폭의 이색적인 화폭이다.

빗속에서 지는 꽃. 아니, 빗속에서 지는 목련! 그것은 이 시간, 나에게 아름답고, 비장하고, 가련하고, 안타까운 한 여인의 모습이다.

　30여 년 전, 내가 처음 유학생으로 미국 땅을 밟았을 때, 그때도 겨울비가 끊임없이 내렸다. 샌프란시스코 근처에 자리잡은 자그마한 도시, 산호세였는데 모든 게 새롭고, 모든 게 낯설었다. 그때 나는 3살, 4살의 남매를 친정집과 시댁에 각각 맡겨두고 훌쩍 떠나와 공부한답시고 독한 마음을 먹었던 삭막한 계절이었다. 언어의 어려움으로 정규수업에는 들어가지 못하고 ESL과목만 수강하고 돌아와 빈 아파트에 혼자 앉아서 내다보던 비 내리던 창 밖! 그때 느낀 고독과 그리움은 평생 잊을 수가 없다.

　이유를 따져서 느끼는 고독이나 그리움이 아니라 막연하게 가슴 밑바닥에서 안개처럼 피어올라서 내 육신 전체를 휩싸는 알 수 없으면서도 너무나 강렬한 고독과 그리움이었다. 그때 참으로 많이 울었다.

남편은 풀타임(Full Time) 학생으로 밤낮없이 공부 때문에 정신없이 매달리고 있었지만, 나는 다부지게 결심했던 마음도 한쪽에서 무너지고 있었다. 그리고 아무도 없는 아파트에 앉아서 창밖의 비를 하염없이 내다보며, 어떻게 이국생활을 살아갈 것인가 하는 염려보다는, 우선 이 고독과 그리움을 어쩌지 못해서 온몸으로 질병처럼 앓아내던 시절이었다.

그때 나는 한 여자를 알았다. 낯선 땅에서 만난 젊은 한국여성, 그것만으로도 나는 얼마나 그녀와의 만남에 감격했던가? 그러나 나의 감격과는 반대로 그녀는 언제나 어둡고 스산했다. 그녀를 처음 만난 날도 비가 내리고 있었다.

한 대뿐인 자동차는 남편이 학교에 타고 갔기 때문에 아파트 앞길 쪽에 있는 시장을 걸어서 다녀오던 내가 받쳐 든 우산 끝으로 저쪽에서 역시 걸어오는 한국여성을 본 것이었다. 첫눈에 그녀는 한국여성이었다. 자그마한 키에 한국제품이 분명한 검은 바바리코트, 그리고 검은 운동화에 맨발이었던 여자. 단발머리처럼 중간 커트의 생머리에 화장기가 없는 얼굴이었고, 아담한 얼굴에 표정이 없던 여자.

"안녕하세요? 한국분이지요?"

내가 반갑고, 또 반가워서 일부러 큰소리가 나올 정도로 먼저 인사를 했는데도 그녀는 약간의 고갯짓과 함께 낮은 음성으로 "안녕하세요?” 하면서 그냥 비켜가려고 하였다. 내가 재차 “반가워요. 어디 사세요?” 하고 붙들듯이 묻자, 마지못해서 그녀는 발걸음을 멈추고 나를 바라보았다. “저기, 건너편 아파트에요.” 그녀가 고갯짓으로 가리키는 아파트는 내가 사는 아파트와 두 집 건너였다. 그녀와 그렇게 만났다.

그녀는 국제 결혼녀였다. 대학 2학년 때 중퇴하고 폐암으로 몸져누운 아버지와 세상물정 모르는 어머니, 두 동생을 부양하기 위해서 그녀가 나섰던 생활전선은 이태원의 카바레였다. 거기에서 컴퓨터회사 한국 주재원이던 남자를 알게 되었다.

친정 식구들을 자상하게 돌봐주던 그 미국 남성에게 고마워 미국까지 따라왔는데 삶이 이렇게 서글플 수가 없다고 했다. 친정 식구의 생계를 위해서 희생한다는 생각으로 이를 악물었지만, 정작 고국을 떠나오고 나니까, 그녀의 한 인간으로서의 삶은 어디 가서 찾을 것인가, 억울하기도 하고 애정 없는 삶이 고통이라고 했다.

첫 이민살이의 벅찬 삶 속에서 그녀와의 만남은 나를 더 우울하게 만들었다. 그녀는 그녀대로 자기를 반가워하는 나를 고마워했지만, 그렇다고 자기를 풀어서 열어주지 않았다. 유학생 부인인 나와 자기와의 비교에서 오는 비애감을 그녀는 조용히 침묵으로 받아내고 있었다. 나는 그러한 그녀의 마음을 상하게 하지 않으려고 애를 썼지만, 그녀의 자괴심은 이미 내가 어쩔 수 없는 것이었다. 그러면서도 그녀는 곧잘 내 아파트를 찾아왔다. 때로는 눈이 물기에 젖어서 왔고, 때로는 서울 친정에서 온 괴로운 편지를 들고 오기도 했다.

내가 그녀와 그런 무거운 이웃이 된 지 3개월이 지난 어느 날 그녀는 저녁 무렵 나를 찾아왔다. 자기와 어디 좀 같이 가줄 수 없느냐고 물었다. 그녀의 얼굴이 심상치 않아서 나는 거절할 수 없어서 곧 돌아올 남편에게 메모를 남기고 따라나섰다.

그녀가 간 곳은 아담하고 깨끗한 카페 겸 레스토랑이었다. 그녀는 나에게 와인 한 잔을 사주고 자기는 위스키를 청했다. 내가 무슨 일이냐고 물었더니 그녀는 잠자코 바바리코트 주머니에서 편지 한 장을 내밀었다.

서울에서 온 편지. 그것은 그녀 아버지의 죽음을 알린 편지였다. 난 무어라 위로의 말도 못 꺼낸 채 잠시 침묵이 흘렀다. 흐려있던 날씨가 방금 불을 켠 가로등을 적시며 비를 뿌리는 모습을 레스토랑의 커다란 창으로 내다보았다.

잠자코 넉 잔의 위스키를 비운 그녀가 그 맑은 눈 가득히 함초롬히 눈물을 담은 채 나를 건너다보더니 목 메인 음성으로 말했다.

"미세스 킴! 잘 계세요. 우린 내일 동부로 떠납니다. 그동안 고마웠어요."

나도 잠자코 또 한 번의 충격을 받아주었다. 그녀는 그 이상의 말이 없었고 마침내 조용히 일어섰지만 몸을 가누지 못했다. 내가 그녀의 남편에게 연락하여 그 남편이 왔다.

그녀는 그렇게 다음날 떠나갔다. 더 이상의 인사도 전화도 없었고, 어디로 간다는 말도 없었다. 남편의 전근 지역으로 가는 것이니까 정착이라고 할 수 없으니 주소를 안 밝히는 것 같았고, 차라리 자기를 망막 속에 묻어버리고 싶었는지도 모른다.

나는 그녀를 통해서 한국이란 나라가 숙명처럼 지니고 살았던 가난이란 것의 실체를 보았다. 그녀의 삶은 우리 민족이 겪어온 수난의 표상이 아닐까? 나는 그녀의 깨끗한 모습에 숙명처럼 감겨있는 슬픔과 고뇌를 오랫동안 잊지 못했다.

30년 전의 그녀가 지금 로스앤젤레스의 봄비 속에서 왜 내 기억 속에 되살아났는지 모르겠다. 아마도 봄비 속에서 몸을 적신 채 낙화하고 있는 자목련의 모습에서, 가난 때문에 표류하던 그 여인의 한스러운 이미지가 살아난 탓일까?

피더라도/ 다 열어 피지 않습니다. //
꽃잎 하나도/ 함부로 팔랑이지 않습니다. //
무거운 꽃잎 다스려/ 여밀수록 더 번지는/ 향//
　－졸시 「목련」 일부

한약과 어머니

　50이 넘은 여자가 '엄마'을 생각하다니 스스로도 실소를 금치 못할 일이지만 몸이 시름시름 아픈 탓인지 지난 몇 주 동안 바쁜 나날의 틈새마다 어머니 생각이 간절했다.

　어머니가 살아 계신들, 시집가서 산 지가 벌써 강산이 세 번이나 변할 세월이 흘렀고, 거기다가 미국으로 이민까지 와버린 딸을 어떻게 도울 수 있으랴. 그럼에도 이미 고인이 되신 어머니가 이렇게 간절히 그리워지다니, 아무래도 마음의 병까지 걸린 게 틀림없다.

　지난 주 언제던가 방송 진행을 마치고 돌아오는 프리웨이에서 자꾸 몸이 풀어져 내리고 아파서 나도 모르게 '엄마!'를 소리 내서 부르고 말았다. 일단 '엄마'를 소리 내어 부르고 나니까 다음에는 뜨거운 눈물이 왈칵 솟구치더니 미처 닦을 사이도 없이 계속 쏟아지기 시작했다.

　선글라스 아래로 흐르는 눈물을 그대로 둔 채, 나는 그만 '엄마'를 소리쳐 부르기 시작했다. 마치 달리는 프리웨이 옆, 어디에 어머니가

서 있기라도 한 것 같은 마음이고, 목청껏 소리쳐 부르면 마치 어디선가 달려오실 것만 같았다.

이상한 것은 그렇게 목놓아 울면서 '엄마'를 부르고 나니까 몸이 좀 개운해지고, 의식이 좀 맑아졌다. 아무도 곁에 없고 아무도 나를 볼 수 없는 달리는 자동차 속에서였으니 망정이지, 길 가다가 그랬거나 집에서 그랬다면, 영락없이 미친 여자 취급을 당했을 것이다.

그런 에피소드가 있고 난 며칠 뒤에 빈혈 때문에 병원에 두 번이나 갔다는 이야기를 들은 문우 한 분이 "보약 좀 먹어보지 그래요?" 하고 말했다.

'보약이라면……' 나는 문득 어머니가 돌아가시기 일 년 전에 보내주신 보약 생각이 떠올랐다.

"애야, 넌 몸이 약하니까 남의 땅에서 살려면 몸을 보해야 한다. 아뭇소리 말고 이 약 정성껏 먹어라."고 전화하시면서 보약재로 만들었다는 까만 알약을 한 보따리 보내주셨다.

"엄마! 고맙지만 필요 없어요. 여기는 보약 먹는 세상이 아니에요."

내가 시큰둥하게 대답하자 그게 섭섭하셨던지, 아니면 안 먹을까봐 걱정이 되셨던지 여러 차례 전화로 그 약 먹었느냐고 확인 전화를 주셨다. 처음에는 "필요 없어요!" 하는 대답으로 일관했다가, 어머니의 목소리가 안쓰럽다는 생각에서 "네, 벌써 다 먹었어요."라고 거짓말로 얼버무려버렸던 그 보약. 그 보약이 아직도 비닐주머니에 겹겹이 싸인 채 냉장고 냉동칸 어딘가에 들어 있다는 생각이 났다. 그런데도 나는 쉽게 그 약을 찾아내지 못했다. 바쁜 탓이었다. 며칠 뒤에 정말 몸이 처지고 기운이 없어지면서 집으로 돌아온 오후, 침대에 쓰러져 잠들었다가 눈을 뜨니 어스름이 끼는 저녁때였다.

나는 내가 이렇게 허약해져서 헤매다가 쓰러지면 어떡하나 하는 걱정이 들면서, 물에 빠진 사람이 지푸라기 잡는 심정으로 어머니가 보내준 그 보약을 다시 또 생각했다. 나는 그 길로 부엌으로 내려가 냉장고를 열고 냉동칸 깊숙이 잠들어 냉각되고 있는 비닐보따리를 끄집어내었다. 거짓말 같게 그 알약은 냉장고 속에서 고스란히 3,4년을 견뎌온 것이다. 몇 겹의 비닐을 풀어내자 말짱하게 윤기 흐르는 까만 알약 봉지가 나왔다. 그리고 그 최종의 비닐봉지 곁에는 어머니 글씨의 종이쪽지가 붙어 있었다.

"복용법 : 매일 아침 저녁 공복에 30알씩 따뜻한 물에 먹는다." 그리고 그 밑에는 "문희야! 이 약은 보혈강장에, 네 빈혈 증세에도 좋다고 하는구나" 하는 작은 글씨가 있었다. 그리고 보면 나의 빈혈 증세는 어제 오늘 증세가 아닌 것이었다. 한동안 잊어버리고 있다가도 좀 무리했다 싶으면 찾아오는 증세였던 것이다.

나는 식탁으로 약을 갖고 와서 단단하게 끈으로 졸라맨 비닐봉지의 끝을 잘랐다. 한꺼번에 30개를 먹어도 하루 60개, 한 달 동안은 꼬박 먹을 수 있는 분량의 작은 알약이 금방 쏟아질 듯이 담겨 있었다. 컵에 물을 떠와서 30개쯤 세어서 손바닥에 담았다. 알약마다 어머니의 얼굴이 보이는 것 같다는 생각이 미치자 다시 목이 꽉 메어 눈물이 솟았다.

"엄마! 이제 나 약 먹어요. 이 약 먹고 건강할게요!"

흐르는 눈물을 훔치고 입안으로 약을 넣고 물을 마셨다. 입안 가득히 약냄새가 번졌다. 아니, 그것은 약냄새가 아니고 엄마 냄새였다. 그리고 이 못난 딸의 몸속에 보약을 넣어주신 셈이었다.

"엄마! 왜 그래?"

어느새 나의 딸 윤신이가 뒤에 서서 있었다.

나는 말없이 돌아서서 윤신이를 껴안았다. 그리고 속삭이듯 가만히 말했다.

"할머니가 보고 싶어서 그래."

"할머니는 돌아가셨잖아요."

"그래도 보고 싶어!"

나는 다시 목이 메었다. 아마 이 가을, 나는 또 마음의 중병까지 앓을 모양이라는 생각이 머리를 스쳤다.

이대로 달려가고 싶습니다.

어머니.

지난밤 번뇌의 잔 가시를 털어내고

선잠 깬 참바람에 씻어

이 아침, 이슬 맑은 육신으로 당신 곁에 가고 싶습니다.

달려도 여전히 이어지는 프리웨이

물기 없는 캘리포니아 사막길인데도

당신에게 흘리게 한 눈물만큼

내 마음은 밑바닥부터 젖어옵니다.

처음으로 나를 안아내실 때처럼

그 원초의 순수한 사랑 곁으로 또 한 번 도달할 수만 있다면

얼마나 멀까요, 당신이 계신 저승 쪽으로

시속 65마일의 프리웨이를 돌려놓고 싶습니다.

흰 광목, 물빨래 냄새의 어머니 품에

노년의 딸이 못내 안기고 싶은 이 새벽,

곧게 달리는 프리웨이 저 끝 하늘에서

당신은 거대한 신기루로 서십니다.

      -졸시 「새벽 프리웨이에서」 전문

미국에 와서 자존심 세우며
'나는 돌아가리라' 만 부
르짖다 불법체류자가 된 강
시인. 계절이 바뀌고 봄이
다 지나갈 때까지 그가 꿈
꾸는 고향에는 봄이 오지
않았다.

고향을 그리며 떠나간 시인, 강일

희뿌연 회색빛 연기가 아지랑이처럼 떠오르다가 가라앉는 찻집. 방송인이었던 천 모씨가 한인 타운에서 멀지 않은 곳에 레스토랑 겸 음악 감상실을 개업하고 초청한 자리였다. 추억의 팝송이 나오고 흘러간 우리의 옛 노랫가락을 따라 부르는가 하면 사색에 잠겨 눈을 감는 사람도 있었다. 샹들리에가 찬란하게 돌아가고 사람들은 조그만 테이블 위의 촛불 아래서 더욱 침묵하였다. 목을 길게 늘이고 이따금씩 너덜너덜거리는 옛 추억의 꼬리표를 들이미는 사람도 있었다.

그때, 며칠 남지 않은 12월의 밤을 한 허리 토막내어 아슴한 별 이야기를 노래하는 시인이 있었다. 갑자기 그가 앞으로 나가 마이크를 붙잡고 있었다.

"여러분 제가 미국에 와서 한 번도 부르지 않았던 노래를 한번 하겠습니다. 오늘 따라 로스앤젤레스 겨울답지 않게 싸늘한 바람에 팜트리 가지가 툭툭 떨어져 나가는 것을 보니 떠나온 고향 생각이 납니다.

여러분도 누구나 고향이 있을 겁니다. 반주는 필요 없습니다.

마이크를 기폭시키는 그 시인의 목소리는 서서히 겨울의 빗장을 열고 촉촉이 젖어드는 빗소리가 되다가 이내는 가을의 추레한 들녘을 돌개바람처럼 휘젓고 있었다. 무얼까? 우리들의 가슴속에 공동(空洞)처럼 울리는 이 소리는.

사람들은 저마다 눈을 감고 추억의 아스라한 영어(囹圄)의 늪 속에서, 수은주 같은 은빛 언어를 떠올리고 있었다. 표표한 세상의 허허로움과 핏발선 일상의 번거로움, 그리고 기항지를 잃은 나비 떼의 날개가 물에 젖음을 노 시인은 소리하고 있었다.

고향에 고향에 돌아와도

그리던 고향은 아니더뇨.

산꿩이 알을 품고

뻐꾸기 제철에 울건만

마음은 제 고향 지니지 않고

먼 항구로 떠도는 흰구름

오늘도 외끝에 홀로 오르니

인정스레 한 점 꽃이 웃고

메마른 입술이 쓰디쓰다.

그는 새였다. 봄의 화단 위에, 어슴푸레 찌푸린 여름 하늘에, 스산한 가을의 들녘에, 그리고 겨울 바다를 맘껏 젓고 나는 한 마리의 새였다.

우리에게도 고향은 있다. 그 고향에는 온갖 새들이 비상하고 마음 속에 갇혀있는 눌어가 스프링 달린 로마병정처럼 튀어오르고, 그리고 바다가 있는 선창에는 물안개가 피어올랐다. 그곳 가까이에는 구름 가득한 그의 어머니가 살고 있었다. 자리에 앉기만 하면 돌하르방 시골길을 그리며 우리들의 어머니를 자극시키던 그.

그렇구나. 우리는 늘 어머니를 잊고 있었구나. 싱그러운 어머니의 풋풋한 살내음을 잊고 있었구나!

싸르락, 싸르락—.

눈치없이 내리는 이른 봄의 눈이 어머니의 치마 끝을 스치어 내리면 썰어 말린 천둥호박을 추스리던 어머니.

제주도가 고향이라던 그 시인은 물섶을 치고 오르는 갈매기의 날갯짓이 머언 포구의 비명인 양, 그의 목소리는 멀어져간 바람결처럼 애조를 띠고 눈을 감곤 했다. 흐릿한 등불이 이지러진 추억처럼 노시인의 가슴에 어둔 깃을 펴고, 저 혼자 떠나는 해조음 같은 아련한 여음은 하나의 울림판에 공명하는 것이었을까?

강 시인은 고향을 사랑하고 있었다. 철따라 옷을 갈아입는 황토산의 굴참나무 몇 그루와, 폴폴 흙먼지를 날리며 파닥이는 새 한마리가 가슴을 뚫고 나와 날아가는 꿈을 꾸었고, 밤이 되면 떡갈나무 숲 속에서 우는 소쩍새의 울음소리가 장한가처럼 들리는 그곳을 노 시인은 사랑하고 있었다.

"사람은 누구나 고향이 있을 겝니다. 누구에게나 고향이 있을 겝니다……."

미국에 와서 자존심 세우며 '나는 돌아가리라'만 부르짖다 불법체류자가 된 강 시인. 계절이 바뀌고 봄이 다 지나갈 때까지 그가 꿈꾸는 고향에는 봄이 오지 않았다.

지나간 팽팽한 시절을 되살리며 의기와 기분에 뒤쫓지 못하는 현실을 가슴 아파하면서도 때로는 기분에 취하여 추억에 들뜨던 눈빛. 퇴색한 낙엽에 뚫린 공허처럼 강 시인의 심흉 깊숙이에서 돋움하는 향수에의 해일을 가라앉히지 못한 채 감기로 인한 합병증으로 그는 영원히 떠나갔다. 고향을 안은 채 그 하늘가의 사람들을 목이 타듯 부르며 갔다. 그렇게 애타게 부르던 고향의 시를 남긴 채ㅡ.

목이 탄다.
그리웁다.
해바라기의 바람을 안고

그리운 그리운 그 하늘가의 사람들을

불러보는 가슴의 여울.

소쩍새 흐늑흐늑 흐느끼는

곤둥이 깃든 크낙한

큰나무 솟은 언덕을 끼고

개울이 흐르는 동네

저녁 노을 깔리면

음메 - 음메 -

외롭고 두려워서

불러보던 하늘가의 메아리.

지금은 눈물처럼 그리운

그 동네, 그 사람들

목이 타듯 그리운

그 하늘가의 사람들이여.

　　　－강일 유고시 「목이 타듯 그리운 그 하늘가의 사람들」 중에서

산타모니카 해변에서

LA 근교에 위치한 산타모니카 해변은 몸살을 앓고 있다. 산타모니카 바닷가뿐만 아니라 어느 해변의 모퉁이를 돌아보아도 반라의 육신들이 육지와 바다의 경계인 모래밭에 쏟아 부은 듯 나와 있다. 이 사람들은 자연이 그리워 나왔다기보다는, 도심의 타는 태양에 쫓겨서 바닷가로 밀려온, 말하자면 도시의 피난민들이다. 그러기에 그들은 바다의 끝없는 손짓, 파도의 언어를 마음으로 헤아려 보기보다는 파도의 물보라를 시각적으로 이해해서 육체의 열기를 식혀주는 시원한 찬물 샤워쯤으로 생각해 버리기 쉽고, 갈매기의 유연한 날갯짓마저도 또 다른 해변에의 비행기 티켓을 연상할 뿐이다.

그들은 먹고 마시고 버린다. 빈 캔을 버리고 더럽혀진 휴지를 버리고, 도심에서 오염되어온 온갖 언어를 버린다. 그래서 도시 근교의 여름 바다는 온갖 부정한 쓰레기를 용해하고 정화시키느라고 몸살을 앓는 것이다. 그러나 해가 지고, 바다의 저편으로부터 물기 머금은 저녁 찬바람이 해안을 휩쓸기 시작하면 사람들은 저마다 몸을 웅크리고 떨며 다시 도심 속으로 되돌아가기에 바쁘다. 그들은 쫓겨나왔던

산타모니카 해변의 이
러한 군상들은 이 풍요
한 시대를 소비하며 살
아가는 현대인들이면
서도 예수를 따라 광야
에 나온 배고픈 군중들
과 다를 바 무엇이랴!
예수에게서 빵을 얻었
던 군중들과 여름 하루
의 기온 차이를 견디지
못하는 해변의 군중들
과 포개어 생각하는 것
은 지나친 발상의 비약
일까?

도심의 열기를 다시 그리워하는 것이다.

산타모니카 해변의 이러한 군상들은 이 풍요한 시대를 소비하며 살아가는 현대인들이면서도 예수를 따라 광야에 나온 배고픈 군중들과 다를 바 무엇이랴! 예수에게서 빵을 얻었던 군중들과 여름 하루의 기온 차이를 견디지 못하는 해변의 군중들과 포개어 생각하는 것은 지나친 발상의 비약일까? 그러나 다 그런 사람들만 있는 것은 아니다. 저녁 찬바람이 해변을 휩쓸 때, 두툼한 재킷을 걸치고 호젓한 해변을 걸으며 조용해진 시간을 즐기는 사람들이 있다. 그들은 이미 저녁 해변의 찬바람을 맞을 준비를 해온 사람들이다. 그들은 열기와 한기를 견디는 지혜를 가진 사람들이다. 그들은 바다를 보면서 인생의 깊이도 생각하고, 파도를 보면서 삶의 흐름을 이해하고, 나는 갈매기를 보면서 세파를 초월하는 자세를 익힌다. 비로소 바다는 바다를 자연으로 올바르게 인식하고 음미할 줄 아는 사람들을 만나는 것이다.

저녁 바다는 이러한 사람들과 만나 무언의 대화를 나눈다. 거기에서는 한 폭, 아름다운 시간의 그림이 창조된다.

거기는 밀리고 쫓기는 절박감이나 조급함이 아닌 정서가 있는 마음과 여유 있는 자연이 어울려 엮어내는 행복이라는 제목의 시가 흐른다.

우리 생애의 해변에도 이렇게 서로 다른 모습으로 살아가는 사람들이 있는 게 아닐까 싶다.

하와이의 멋진 한국인

아침은 새벽 창가에서 새들의 맑은 노래 소리로부터 온다. 비좁은 뒤뜰의 하늘은 아직도 어두컴컴한데 나뭇가지 사이를 푸드득거리며 옮겨 앉은 새들의 날렵한 모습은 마치 움직이는 묵화처럼 생동하며 눈부시다. 요즘은 바위 같은 인간상을 자주 생각하게 된다. 무겁고 사려 깊은 사람, 불변의 우정과 신의를 지키는 사람, 갈등과 고통을 묵묵히 이겨내는 사람, 이런 사람 곁에 있으면 우리는 안도감을 갖게 된다.

몇 년 전 하와이에서 발행되는 〈호놀룰루 애드버타이저 (Honolulu Advertiser)〉란 신문에는 감동적인 한국인 스토리 하나가 소개된 적이 있다. 31살의 프랜시스 김은 하와이 진주만에 있는 한 쇼핑몰에서 'Family Shoeport'란 신발가게를 운영한다. 어느 날 오후 그의 가게에 27살의 한 청년이 신발을 사러 들어왔다.

105불짜리 나이키(Nike to Flight) 농구화를 사겠다고 신발을 신어보고는 다른 신발도 신어보고 싶다고 말했다. 주인이 다른 신발을 찾으러 자리를 옮긴 순간 그 신어본 신발을 신고 그대로 달아났다.

한때 운동선수였던 프랜시스 김은 이 절도범을 뒤쫓아 달려 나갔다. 붐비는 4차선 Highway를 건너서 Highway 중간 분리대에서 범인을 붙잡았다. 치고받는 몸싸움이 벌어진 사이에 부인은 경찰에 신고했고 곧바로 출동한 경찰에 의해 이 범인은 그 자리에서 체포되었다. 그 범인은 절도혐의와 또 다른 범죄가 인정되면 그는 적어도 10년 이상의 징역형을 선고받게 될 운명에 놓이게 되었다. 며칠 후 Mr. Kim이 경찰서로 이 범인을 면회 갔다. 그는 범인에게

"신발 한 켤레 때문에 인생을 망칠 테냐? 안 그러면 신발값을 벌기 위해 내 집에서 일하겠느냐? 선택해라!"

이렇게 제의했고 그 범인은 단숨에 일하겠다고 했다. Mr. Kim의 행동에 경찰도 놀랐는데 그는 이렇게 말했다. "범인은 직업이 없었고 정말 그 나이키 신발을 신고 싶어했습니다. 저는 그에게 말하기를 감방은 당신의 인생을 더 비참하게 만들 것이요. 만약 당신이 한번 정직하게 살아 보겠다 결심하고 나와 약속해 준다면 난 당신에게 기회를 주고 싶다." Mr. Kim은 경찰서에서 풀려난 그 범인을 데리고 자기 가게로 돌아왔다. 그리고 그가 그토록 신고 싶어 하던 새 나이키 농구화 한 켤레를 선물로 주었다. 그 범인은 Mr. Kim이 너무 고마워서

자기 집에 가서 가족들을 소개해 주고 싶다고 했다. Mr. Kim은 그를 옆에 태우고 범인의 집에 갔다. 병든 어머니와 자매들과 아이들이 있었다. Mr. Kim은 "그동안 벌어진 일들을 다 말하지 말고 그냥 내가 당신을 고용해서 함께 일하게 되었다"고만 소개하라고 했다. 그 이튿날부터 그 범인은 Mr. Kim과 함께 일했고, 더 이상 범인과 피해자가 아니고 직장의 고용주와 고용인으로 자유인이 되어 일하게 된 것이다. 한 신문기자에게 Mr. Kim은 이렇게 말했다고 한다. "신발 한 켤레 때문에 한 인생이 망가지는 것을 보고 싶지 않았습니다. 어차피 그가 감방에서 나오면 그는 또 절도를 해 감방에서 살아갈 확률이 높습니다. 그러나 저는 그에게 새로운 기회를 주고 싶었습니다."

얼마나 멋집니까?

서 여사의 인간사랑

연말이 되면 누구나 으레 한 해를 돌아보게 되고 살아온 의미를 생
각하게 되는 것이다. 한 해 동안 지나간 희로애락들이 우리의 마음에
기억되고 연상되는 중에도 역시 우리의 마음을 압도하는 것은 아쉬움
과 눈물, 고난과 고통 등이다. 그래서 연말이 되면 고난당하는 이웃들
을 상기하게 되는가보다.

우리 주변에는 시련과 고난 가운데서 헤어나지 못하고 생의 의욕도
없이 살아가는 사람들이 의외로 많다. 고통을 견디다 못해 좌절하고
실망한 채 삶을 포기하려는 일이 많아지는 것 또한 두려운 일이다.

그런데 외롭고 소외된 사람들을 찾아다니며 보이지 않는 손으로 기
쁨을 안겨주는 사람들이 있어서 세상은 희망이 있는 것이다. 그런 분
들 중에 한 분인 서 여사를 만날 수 있었다.

"미국에 이민 와서 살면서 큰 만족을 못하고 살아왔어요. 30대 중반
부터는 제 자신을 생각해 보게 되고 게으름조차도 미안할 정도로 정신

이 번쩍 들더군요. 작은 마음의 감사도 일어났구요. 작은 봉사라도 해 보자고 주변을 둘러보기 시작했는데 너무도 할 일이 많았습니다."

그가 찾아나서는 곳은 양로병원, 노인아파트, 저소득층 환자 뒷바라지, 그리고 어둠에서 떨고 있는 시한부 생명이 사는 곳이었다.

인간관계에 있어 가장 중요한 것은 서로 상대방의 고통을 인정하고, 수긍하며 이해하고자 하는 마음일 터인데 우리는 그렇게 살고 있지 못하다.

"저소득층 환자만을 수용하고 있는 병원을 방문하게 되었는데 거기에 뜻밖에 35세의 한국 청년이 전신마비가 되어있었어요."

나쁜 갱들과 함께 휩쓸려 다니다가 마약 중독된 상태에서 교통사고를 당해 뇌사 상태에서 전신마비가 되었다는 청년. 뇌사상태에서 깨어났지만 때로는 '자신이 침대 시트로 목매어 천장에 달려 있는' 환상을 보기도 하고 '총으로 간호사를 쏘았다.'고 하며 항상 죽고 죽이는 시늉만 반복한다는 것이었다. 청년을 보고 가슴이 무너지는 소리가 들리는 것 같았다고 했다. 서 여사는 집에 돌아와서 소화도 되지 않고 그 청년의 눈빛만 떠올라 다음날 새벽부터 매일 그 병원으로 출근했다. 병원 차트를 찾아보고 의사와도 상담하며 그 청년의 침대에서 떠나지 않았다. 시간이 흐르면서 말문이 터지기 시작했고 허공만 응시하던 그의 눈에 빛이 감돌기 시작했다. 몇 달이 지나자 무반응이었던 청년의 눈에서 어느 날 눈물이 폭포처럼 흘러내리고 있었다. 청년이 깨어나는 순간 서 여사 또한 환희의 눈물이 쏟아져 내렸다. 그리고 그 순간부터 살아야겠다는 의지도 생기기 시작했다. 서 여사가 발견한 진리는 무거운 짐이나 고난을 피하는 길엔 행복이 존재하지 않는다는 것이었다. 어려움을 이기고 나아갈 수 있는데서 행복이 샘솟는다는 진리를 체험을 통해서 체득한 것이다. 대소변 처리도 남의 손을 빌려야 했던 그에게 수족을 움직여 자신의 일을 처리할 수 있도록 물리치료를 열심히 도왔다.

근육을 움직이려는 피나는 노력 끝에 겨우 오른손 하나를 움직일 수 있게 되었을 때, 그의 얼어붙었던 마음이 풀려가고 있음을 감지할 수 있었다. 집중력이 사라져서 들어도 금방 잊어버리는 그에게 또 다른 변화가 생긴 것이었다. 그것은 '감사의 발견'이었다. 한 손으로라도 봉사할 일을 찾는다는 것. 바로 그것이었다. 다른 병실로 자기 휠체어를 움직여 가서 자기보다 더 불편한 환자들의 잔심부름과 그들의 손발이 되고 있다는 것이었다.

"마약과 술을 많이 하면서 함부로 살았던 지난날이었어요. 이제 제 눈에 새로이 보이기 시작했어요. 모든 것이. 저를 낳아주신 어머니가 너무나 불쌍해요. 어제도 다녀가셨는데 뒷모습을 보며 많이 울었습니다. 아픔을 통해서 새로운 곳에 눈을 뜨게 되었지요. 이제 마비된 왼 손을 운동을 해서 움직일 수 있도록 노력해야지요.”

그는 이렇게 새로 태어나고 있었다. 선행은 한두 번은 할 수 있지만 지속적으로 할 수 있다는 것은 정말 힘든 일이다. 운전 못하는 노약자들을 병원에 태워다주는 일, 사람이 그리워 옆에 있어만 주어도 되는 인간애를 심는 일들은 누구나 할 수 있는 일들임에는 틀림없다. 그러나 얼마나 꾸준히 실행하고 있는가 한번 생각해 볼 일이다.

혹시 오늘은 내 자식이 병원으로 찾아오려는가. 하염없이 기다리는 노인들. 생각하는 능력을 가진 인간이라고 어디 다 같은가? 서 여사는 양로병원을 방문하면서 비인간화의 극치를 목격하곤 한단다. ‘현대판 고려장’이 아니고 무엇이겠는가. 돈 몇 푼과 함께 시부모님을 병원에 내동댕이치듯이 맡기고서 다시는 돌아보지 않는 냉혹한 자식들이 있는가 하면, 연락처까지 가짜로 적어놓았으니 노인들이 자식 보고 싶다고 하소연을 해도 전화도 걸어줄 수 없다는 것이었다. 내동댕이쳐진 어머니는 그나마 그 자식을 그리워하면서 ‘다시 찾아오겠지’ 하며 날마다 문 쪽에만 눈을 두고 기다리며 사는 삶이었다.

내가 서 여사를 따라 나선 곳은 시립 양로병원이었다. 때 없이 잠자고 눈만 뜨면 시도 때도 없이 밥을 찾으며 하루와 일주일도 구별 못하는 한국 노인들이 상당히 많았다. 어느 할머니는 우리가 가족인 줄 알고 ‘왜 이제 왔느냐’고 타박하며 그저 손을 잡고 울었다. 자기 식구들의 안부를 내게 일일이 물어오는데 어떻게 답변할지 몰라 우물쭈물 하고 있으니까 서 여사는 무엇이나 시원스럽게 척척 대답해 나가는 것이었다.

"이것도 정신적인 치료예요. 마음의 안식을 주거든요."

그렇다. 정신적인 위안을 채워주는 것도 커다란 봉사이리라.

얼굴이 검버섯으로 온통 뒤덮이고 살가죽도 말라붙어 박제해 놓은 나비 같은 모습을 한 한국 할머니를 함께 만났다.

"할머니, 천당 가시도록 열심히 기도하세요!"

"나 왜 안 죽지? 나 언제 죽어? 잠자는 동안 죽었으면 좋겠어……."

이렇게 죽는 복(?)을 기원하는 노인들의 모습이 먼 훗날의 남의 얘기만이 아닌 것이다.

"주기도문은 아직도 외우고 계세요?"

"암! 가운데는 우물쭈물 넘기고 앞뒤는 대충 넘겨!"

팥죽이 먹고 싶다는 노인, 인절미를 실컷 먹고 싶다고 한 말만 해다 달라는 노인들. 그들은 내일의 기약 없는 생활 속에서 오늘을 어둡게 보내고 있는 것이다. 7,8년 동안 이 병원에서 연명하고 있는 한국 노인들은 말도 통하지 않고 음식도 전혀 맞지 않아. 아예 음식을 기피하다가 영양실조의 어두운 모습을 하고 있었다.

배가 고프다 - hungry

머리가 아프다 - headache

일어나게 해 주세요 - get out of bed

등의 글씨가 병상 머리맡에 붙어 있어 필요할 때마다 손가락으로 가리키면 되게 되어 있었다. 훗날, 우리들의 모습이기도 하여 마음이 더욱 무거워지는 것이었다.

"시한부 생명 앞에서는 함께 그냥 울어요."

때로는 시한부 생명 앞에서 그 영혼을 어루만지며 고통과 고난의 의미를 다시 깨우친다는 서 여사. 질병에 걸려 신음하는 자식을 내려보며 안타까워 어쩔 줄 몰라 하는 어머니의 모습은 애처로워 그저 고통 자체라는 것이다. 어머니에게 있어 자식의 고통과 아픔은 곧 자신의 고통과 아픔이 된다.

어머니 자신이 시한부 생명일 때 그것은 더욱 애처로운 모습이었다고 말하는 서 여사는 처절한 아픔의 과정을 목격했다고 한다. 유방암으로 죽음을 기다리는 한 어머니에게 12세 된 딸이 있었다.

"왜 모든 사람이 그대로 있는데 왜 나만이 땅 속에 들어가야 하나요?"

몸부림치며 부탁하는 말은 딸이 어머니와 정을 뗄 수 있도록 도와

달라는 부탁이었다. 그 어머니는 6개월을 더 살다가 딸에게는 결코 어두운 모습을 보이지 않고 의연한 모습으로 사라져갔다.

"살아가면서 제 도움이 필요한 사람이 있을 때 내 자신의 마음과 시간을 나누어주고 그들을 위해 시간을 사용했다는 것에 보람을 느끼지요. 내 자신만을 생각지 않고 남을 돌아볼 수 있는 마음의 여유를 갖는 것이 감사한 거지요."

모든 것을 감사로 돌리는 그의 숭고한 정신에 고개가 숙여지는 것이다.

지금도 병원의 담장 안에 누워서 두 눈만 내밀고 세상을 향해 손짓하고 있는 사람들.

"와주세요! 도와주세요!"

우리는 지금 번져가는 물질만능주의 풍조, 인간 경시 풍조를 가끔 혀만 한번 끌끌 차면 물리칠 수 있다고 착각하는 것은 아닌지, 한 번 더 성찰하는 마음을 가져야 한다.

이럴 때 필요한 것은 사랑이다. 그리고 도움이라는 행위의 이면에 숨겨진 따뜻한 인정인 것이다.

봉사하는 이들의 인간에 대한 진실한 사랑, 그 인간애를 실현하고자 하는 굳은 의지와 진정 인간적인 것이 한없이 목마른 계절에 우리는 서 있는 것이다.

봉사하는 이들의 인간에 대한 진실한 사랑, 그 인간애를 실현하고자 하는 굳은 의지와 진정 인간적인 것이 한없이 목마른 계절에 우리는 서 있는 것이다.

조용한 선의(善義)

맘모스레이크에서 120번 티오가 패스(Tioga Pass)를 따라 인요 국유림(Inyo National Forest)으로 향하면 거기에서 엄청난 절경을 만나게 된다. 산꼭대기(9825 Feet)에 숨어있는 바다처럼 넓은 앨러리 레이크(Ellory Lake)는 여름에도 귀가 시리도록 찬바람이 부는 곳이다. 고산준령 시에라네바다(Sierra Nevada) 산맥의 아찔한 절벽길인 하늘로 솟아오르는 스카이 하이웨이는 오금이 저릴 만큼 아슬아슬하지만, 거대한 암봉 속에서 비단결처럼 흘러내리는 폭포가 눈앞에 확 펼쳐진다. 그 험준한 계곡을 가슴 조이며 내려오면 만나게 되는 만년설에서 녹은 계곡의 물, 그 물은 그대로 맛 좋은 약수물이다.

11월부터 그 다음해 5월까지 도로가 폐쇄되는 이 티오가 패스(Tioga Pass)는 6월부터 10월까지 요세미티공원까지의 노스림(North Rim), 그 장관을 보여주고 있다.

세계 최고의 국립공원이라 하는 요세미티에 이르러 해프돔(Half

Dom), 거대한 바위 봉우리가 보이는 지점에 휴게소가 있어 차를 세웠다. 숱한 사람들이 길 곁에 차를 세우고 잠시 쉬기도 하고 그 큰 바위산을 한눈에 조망하기도 했다.

그런데 거기, 분명히 한국 사람으로 보이는 젊은 부인이 주변 사람들이 바라보는 데서 어린 아기의 변을 보이고 있었다. 어찌 미국에서만 지킬 에티켓인가. 한국에서도 그 정도는 삼갈 행동을 태연히 저지르고 있는 것이다. 마음이 녹아 내려앉는 기분이었다. 평범한 이웃으로서도 보기에 면구스러운데, 그 부인이 내 핏줄의 동족이라는 점에서 당혹감이 컸다.

더욱 절망적인 것은, 그 부인이 용변을 끝낸 자기 아이만 달랑 안고 우리 일행 앞으로 가버리는 것이었다. 아기가 남긴 변을 처리할 생각은 아예 없는 듯이 보였다. 우리는 낭패감과 굴욕감에 빠져들었고, 한편으로는 저 부인이 관리인(Ranger)이나 경찰에게 붙들려 곤욕을 당하지나 않을까 하는 염려도 있었다.

그때였다. 우리 일행의 자동차로부터 서너 대 뒤에 멈춰있던 자동차에서 젊은 청년이 하나 뛰어나와서 그곳으로 갔다. 그의 손에는 캠프용 작은 삽이 들려 있었다. 그도 또한 분명히 한국 사람으로 보이는 청년이었는데, 그는 재빠른 손놀림으로 땅을 파고 아기가 보아놓은 변을 흙째 떠서 거기에 묻고 주변을 깨끗이 정리했다. 짐작컨대, 그 청년도 그분의 실례를 지켜보다가 자신이 대신 그 뒤처리를 하겠다고 마음먹은 모양이었다. 청년은 말없이 일을 끝내고, 그리고 아무 일도 없었다는 듯이 자기 자동차로 훌쩍 가버리는 것이었다.

그렇게 짧은 시간에 모든 것은 평온을 되찾았다. 청년의 봉사로 깨끗이, 오히려 상쾌한 마음이 들 정도였다. 청년은 그 부인의 예의 없는 행동과 주변 사람들의 당혹감, 같은 핏줄 사람들의 수치심까지 깨끗이 묻어준 셈이었다.

나는 거기서, 소속 사회의 불행한 사태를 다행한 결말로 이끌어 내는 한 가지 실제적인 방법을 보았다. 뿐만 아니고 우리의 이웃에 대한 사소한 이해가 우리 삶에 얼마나 중요한 몫을 차지하는가를 현장에서 배웠다. 나는 그 청년의 모습을 오랫동안 잊지 못하고 있다. 그리고 내 자신이 하는 일, 글을 쓰는 일에 그 일을 자주 비추어보고 도움을 얻곤 한다.

어떠한 내용의 글이건 쓰다 보면 자기도 모르는 사이에 비난과 비판이 섞여 들기가 쉽다. 그러나 그 글이 활자화되어서 타인에게 읽힐 때, 끼칠 영향이 어떨까를 짐작하게 되는 것, 이것이 그 청년의 일화를 통해 얻은 것이다. 내가 쓴 글이 요세미티의 그 담백한 선의의 그 청년처럼 되어야겠다고 생각하고 글을 흐름을 바로잡곤 한다. 시나 수필 한 편을 쓰더라도, 생활 현장에서 오염되고 상처받은 우리 이웃

들의 마음에 새롭고 맑은 정서와 따뜻한 인간성을 되살려 안겨주도록
해야겠다고 생각한다.

　요세미티의 만년설, 그 눈 녹은 물이 계곡을 따라 흘러오면서 정화
되고 여과되어 맑은 약수가 되듯이 내 마음도 많은 정화의 과정을 거
쳐야 한다고 말이다.

꽃보다 아름다운 얼굴

"보이소! 이 삶은 강냉이 하나 묵고 가이소."

그 목소리는 밝고 따뜻했다. 우리 일행들이 모두 가던 길을 멈추고 목소리의 주인공을 찾아 시선을 돌렸다.

거기, 칠순이 넘은 할머니의 검고 주름진 얼굴이 우리를 향하여 환하게 웃으며 자기 앞으로 오라고 손짓하고 있었다.

지난해 여름이었다.

모국방문 교포교사 연수회에 참석차 서울에 갔다가 그 연수 일정에 따라 합천 해인사 관광을 갔다. 국내에 살면서도 해외 나들이를 해본 사람들이든지, 아니면 나처럼 외국에서 사는 사람들은 우리나라가 얼마나 좁은 땅덩이를 가졌는가를 국내 관광지를 답사할 때마다 절실히 느낄 것이다. 해인사도 우리나라 불교계의 굴지의 도장(道場)이었지만 어릴 적 수학여행 갔을 때의 인상과는 달리 작고 좁아 보였다. 그러나 내 나라, 내 민족의 손길이 스며 있는 우리의 것이란 생각으로 돌계단

한번 다시 밟아보고 절 기둥을 한 번 더 쓰다듬어 보았다.

그리고 돌아 나오는 길이었다. 절의 입구를 나서자 양편 길가에는 시골 아낙들이 각종 산나물을 팔고 있었다. 그러나 일행들 중 대부분은 주변 경치에 눈길을 주면서 걸었다. 절 주변은 아기자기하게 잘 정돈되어 있었다. 국가적 차원에서 관광객 유치에 노력하는 게 보이는 듯했다. 나는 주변에 피어 있는 여름 꽃들에게 시선을 주고 있었다. 자연 속에서 피는 꽃은 고국이나 타국이나 같다는 생각을 하고 있었다.

그때 삶은 옥수수를 하나씩 먹고 가라는 할머니의 독특한 음성이 우리를 붙잡았던 것이다. 그 할머니 앞에는 김이 오르는 옥수수가 커다란 플라스틱 함지박에 가득 담겨 있었다.

"안 바쁘면 강냉이 한 자루씩 묵고 가이소. 타관에서 오신 양반들 같은데, 하나씩 맛이나 보고 가이소. 돈은 안 내도 괜찮쿠마는."

우리는 처음엔 의아했다. 그러나 깊은 주름살 투성이었지만 넘치는 웃음의 그 할머니의 얼굴에서 단순한 호객의 제스처가 아닌 것을 알았다. 나는 저 얼굴이 어쩌면 우리의 진정한 한국 어머니의 모습이 아닐까 하는 생각이 들었다. 일행 6,7명은 모두 망설이는 표정으로 서로 얼굴을 바라보았지만 끝내 할머니 앞에 포로처럼 끌려갔다. 아무도 그 구수하고 인정 어린 목소리, 그리고 자애롭고 따뜻한 분위기의 초청을 거부할 수 없었다.

심심풀이로 텃밭에 가꾼 옥수수를 삶아가지고 나왔다는 이 할머니는 마치 신이 난 아이처럼

"엇따! 여기도 하나, 자! 이 아주머니도 하나" 하며 옥수수를 나누어 주었다. 나는 따뜻한 옥수수를 받아들고 갑자기 목이 메어왔다. 나누어 가질 줄 안다는 것, 외국에서 살면서 시간에 쫓기고 이웃이 없는 삶을 살면서 인색하고 볼품없이 축소되었던 나의 마음에 갑자기 풍요하고 따뜻한 인정이 넘쳐 들어왔기 때문이었을 것이다.

"고마워요 할머니!" 모두들 한마디씩 인사를 하고 둘러서서 모두 배고픈 아이처럼 옥수수를 먹었다. 그 할머니는 우리의 먹는 모습이 그렇게 좋을 수 없다는 듯이 만족한 미소를 머금고 바라보고 있었다.

"미국서 왔능기요. 쯧쯧, 고생이 많체?"

그는 옆사람의 등을 쓰다듬어 주기도 하였다.

그날 그 옥수수맛은 평생토록 잊을 수 없을 것 같다.

옥수수를 먹고 난 일행들은 모두 여기저기서 산나물을 샀다. 물론 미국에 가져가거나 또 여행 중에 음식을 만들 수도 없는 것이었지만, 우리는 모두 이 꾸밈없고 아름다운 우리의 이웃들에게 무엇인가 해야 된다고 생각했기 때문이었다. 그 할머니 덕택에 주변의 산나물을 팔던 아낙들이 그릇을 비우기도 했다.

"모두 잘 가이소! 몸성히 지내고⋯⋯."

"할머니도 건강하시고 오래 사세요."

우리 일행은 차마 헤어지지 못할 살붙이가 헤어지는 것 같은 아쉬움을 느끼며 그곳을 떠났다.

나는 마지막으로 그 할머니 손을 잡아주고 떠나며 말했다.

"할머니는 참 예쁘네요. 저기 피어 있는 꽃보다 더 예쁘세요."

할머니는 더 크게 웃으며 부인했다.

"무신 말이고, 늙은이 놀릴라카나?"

나는 말없이 웃었다. 그러나 속으로는 크게 말했다.

'아니에요. 할머니는 정말 예뻐요. 세계 사람들에게 보여주고 싶은 한국의 얼굴이에요.'

나는 요즘도 식품점에 나가 나물을 살 때마다 그 할머니 생각이 난다. 하잘것없는 것이지만 나눌 줄 아는 그 할머니의 인정이 꺼지지 않는 불씨로 내 마음에 온기를 더하고 있다.

그 할머니 한 분 만난 것으로도 나의 서울 방문은 보람이 있는 것이었다.

겨레의 가슴을 맞댄 뜨거운 한마당

가슴이 뜨겁고 목이 메는 나날이었다. 〈LA 4.29흑인 폭동〉.

평화와 자유를 수호하는 미국사회에 있을 수 없는 경악의 순간이었다. 고국을 떠나와 낯선 땅에 정착하기 위해 수없이 겪어야 했던 고달픈 생활, 인고의 세월이었다. 몇 십 년 동안 가꾸어온 삶의 터전이 천재지변도 아닌 치안 부재 하에서 폭도들에 의해 약탈당하고 잿더미로 변하는 것을 보아야 하다니….

그곳은 활기에 차 있던 우리네 삶의 현장이 아니던가. 이민자의 서러움을 또 한 번 겪는 아픔이었다. 그러나 한인 타운의 '아드모어 공원'에서 10만의 한인들이 결집되어 '평화대행진'을 한 일은 한 핏줄, 한 겨레가 얼싸안는 가슴 뭉클한 뜨거운 한마당이 되었다. 숨어 있었나 했던 우리의 1.5세, 2세들이 어디서 그렇게 많이 쏟아져 나왔는가. 무엇이 그들을 아드모어 공원까지 이끌어냈는가. 이는 분명 가슴의 꿈틀거림이, 뭉클뭉클 솟아나오는 민족감정이 그들의 가슴속에 맥으로 이어지고 있었던 것일 게다. 평화대행진을 끝내고 물컵을 받아 쥔 어느 분은 '나도 한민족이다.'라는 자긍심과 "나는 이제 더 이상 외롭지 않아요!" 하고 외치고 싶었던 감격의 순간이었다며 기쁨의 눈물을 흘렸다.

우리 민족이 이 땅에서 각자의 마음속에 깊이 뿌리를 내려 이어가야 할 유산(遺産)은 뜨거운 민족애의 진실만이 아닐까 한다.

동족애에는 눈물이 고인다. 땀이 흐른다. 피도 맺힌다. 이는 한 민족, 한 핏줄만이 갖는 뜨거운 가슴앓이인 것이다. 코리아타운에서 평화를 위해 피켓을 든 한국인, 결속과 의리와 인정을 눈물로써 그들을 얼싸안고 싶다. 인정이란 우리 한국인의 밑바닥에 깔린 체질이요 저력이 아닌가 한다. 겨레사랑에 있어서도 정(情)의 철학은 목석이라도 깨뜨리고, 얼음장도 녹이며, 굳게 닫힌 사람의 마음의 문도 열어준다.

겨레사랑은 식었던 감정도 뜨겁게 덥혀주고, 없던 정도 샘솟게 하는 위력도 가졌다. 같은 핏줄이 흐르는 한 겨레가 같이 울어주고 어루만지며 만날 때 그것이 바로 동족사랑이요, 그것이 바로 더불어 사는 영원한 삶이 아니겠는가. 좀 더 적극적으로 따뜻한 손을 내밀어 일으키고, 함께 재건하는 힘이 필요한 것이다. 외세의 침입에서 헤쳐 나온 민족의 긍지를 갖고 '재미 한국인'이라는 큰 배가 두려움 없이 거센 파도를 헤치고 나가서, 재건하는 코리아타운에 우리를 안주시켜야 할

 김문희의 풍경이 있는 테마 에세이

것이다. 함께 땀을 흘리는 아름다운 동포애의 풍속도를 이 낯선 땅 어디에서 또 찾아볼 수 있을까. 황폐한 땅을 일구어 경작해 온 삶의 터전, 결실의 가을 앞에서 피해당한 교민은 아직도 슬픈, 피곤한 얼굴로 남아있다.

그러나 우리는 결코 절망하지 않으리라. 삶이 주는 중요한 교훈인 새로운 시작, 그리고 용서, 바로 그것이 있기 때문이다. 이 우울하고 절박한 순간에 동포애의 뜨거운 눈물을 선사받은 것이다. 이제 다시는 폐허 가운데 서 있는 동포를 외롭게 두지 않으리라.

절망이란 최면의 일종이다. 더 이상 분노하지 말고, 다시 개간하여 열심히 살고자 하는 노력 그리고 진실의 아픔이 있는 한 한국인의 터전은 영원하다.

시련을 통해 우리 한민족은 더 단단해지고, 더 풍성해지며 불멸의 향기를 지니게 될 것이다. 스위스의 정신의학자이며 신앙가인 포코투르에니는 이렇게 선언한다.

'산다는 것은 곧 선택한다는 것이다.'라고.

그 저녁에/ 평화로운 우리의 현관을 부수고/ 거센 불길이 밀어닥쳤다.//
불길 속에서 검은 그림자들이/ 광란의 춤을 추는 동안/ 우리의 살이 타고
우리의 뼈는 검은 숯덩이가 되었다.//

무엇이 우리를 태우는가/ 우리는 묻지 않고도 알았다. / 짓밟는 자들과 짓밟히는 자들의 갈등.//

그 속에서 잘못 날아오는 화살을/ 우리는 몸으로 막았다. / 짐짓, 화살을 잘못 날려보내는 자들의/ 더러운 음모가/ 우리를 더 뜨겁게 태웠다. 그 밤 우리는/ 아메리카의 법과 질서가/ 배반의 울타리를 넘는 것을 보았다./ 위선의 흰 얼굴들이/ 비겁하게 등을 돌리고 서 있는 것을 보았다.// 그 밤 우리는/ 울부짖으면서 우리끼리/ 핏줄들의 손을 더듬어 잡았다./ 이미 무너진 정의,/ 무법의 총성 앞에서/ 피 뿌리며 쓰러지면서도/ 굳게 잡은 손./ 우리는 결국 알았다/ 믿을 수 있는 것은 우리의 핏줄뿐이라는 것을./ 결국 그 새벽 우리는/ 불길 속에서도 타지 않는 의지,/ 그 끈질긴 집념 하나 찾아들고//

다시 부활하였다./ 쓰라린 아픔/ 꺼지지 않는 분노/ 그리고 마침내 팽창하는 힘으로/ 돌아누운 아메리카의 양심을 일깨우며/ 우리는 부활하였다// 핏줄, 그 굳센 팔뚝의 어깨동무,/ 피와 땀과 눈물이 얼룩진 얼굴들 위에/ 새벽이 밝아오고/ 내일을 향하여 솟아오르는 희망처럼/ 빗살 고운/ 아침 해가 떠올랐다.

　　　－졸시 〈그밤에〉 우리가 겪은 4·29폭동 시 전문

늙은 오렌지 나무를 보며

　오랜만에 한인 타운을 벗어나 자리잡은 로스휄리츠의 우리집을 방문한 친구가

　"어머, 열매와 꽃이 함께 매달렸네."

　하고 반갑게 나무를 향해 달려가는 것이었다. 처음으로 한 나무에서 열매와 꽃을 동시에 본다는 친구의 말은 내 마음의 씨앗인 양 기쁨을 심어 주었다.

　열매라고 지칭한 섯은 집 앞뜰에 서 있는 늙은 오렌지나무에 노랗게 익어가는 오렌지를 말함이었고, 미처 열매를 따지 못한 나무에는 자연의 순리대로 봄이 찾아와 오렌지 꽃을 피워낸 것이었다.

　"서울의 봄은 개나리가 먼저였는데….."

　우리는 동시에 남산으로 가는 길목의 자욱한 보랏빛 안개와 개나리 숲을 떠올렸다.

　"아—개나리꽃—"

지나간 추억을 일깨우게 하는 계절의 꽃, 개나리를 꽃집에서 한 다발 사가지고 와서 '서울의 봄'을 빈 항아리에 가득 채워 놓았다. 개나리는 다투듯 꽃을 피워 주었고, 그 조그만 꽃은 크기에 비해 기쁨이 탐스러웠다. 그렇게 쉴새없이 피던 개나리가 이제는 잎을 내밀기 시작한다. 이것은 자연의 한 현상이다. 작은 리본처럼 돋아나는 그 연록색의 이파리들을 바라보면서, 문득 빨리 개화한 것은 빨리 지게 마련이라는 생각 하나를 줍는다.

나무는 저마다 꽃이 피는 시기가 같지 않다. 목련처럼 일찍 피어나는 꽃이 있는가 하면, 장미처럼 늦게까지 잠들어 있는 꽃도 있다. 빨리 피고 늦게 피는 것이 무슨 우열이 있겠는가. 기후 조건에 따라서 일찍 개화하는 생리를 가진 나무가 있는가 하면, 늦게 개화하는 나무도 있을 것이다.

이렇듯 저마다 다른 나무들의 속성에 어떤 우열의 기준을 적용시킬 수는 없는 것이기에, 우리는 목련과 장미의 꽃피는 시기를 놓고 우성과 열성을 논하지 않는다. 다만 한 가지 분명한 것은 일찍 핀 것은 일찍 지게 마련이고, 늦게 핀 것은 늦게까지 그 꽃을 볼 수 있다는 시간적 순차가 있을 뿐이라는 점이다.

이러한 현상은 비단 나무나 꽃에만 한하는 것은 아닐 것이다. 사람도 일찍 출세하는 사람이 있는가 하면, 늦게 진가를 발휘하는 사람도

있다. 일찍 출세한 사람과 늦게 출세한 사람이 있다면, 그들에게 어떤 기준치로 우열을 매길 수 있겠는가.

나무가 저마다 자연에 적응하는 생리가 다르듯이, 사람도 자기완성의 시기가 저마다 다를 것이다. 인생이라는 긴 도정(道程)에서 볼 때, 일찍 자기완성을 이룬 사람과 늦게 이루는 사람 사이의 차이란 그다지 대수로운 일은 아닐지 모른다. 중요한 것은 언제 그 완성의 정점을 이루었는가 하는 시기가 아니라, 얼마나 열심히 얼마나 진지하게 그 완성을 향해 노력해 왔느냐 하는 자세일 것이다.

영원히 지지 않는 꽃을 달고 있는 나무는 없듯이, 사람에 있어서도 완성이 끝이란 있을 수 없다. 그러기에 앞서가는 사람을 부러워하기보다는 완성을 향해 나아가는 한 걸음 한 걸음을 소중히 여기는 마음의 자세가 중요한 것이 아닐까.

자연의 현상이란 아름다우면서도 엄숙하다. '낙화인들 꽃이 아니랴.' 싶어 떨어지는 꽃잎조차 버리기 아쉬워하면서도 새로 돋는 잎새들이 또한 귀엽다. 몇 년 전에 돌아가신 나의 어머니의 "난 이제 고목이다" 하시던 그 눈길에는 귀로에 접어든 나그네의 서글픔이 배어 있었다. 늙은 오렌지나무처럼. 그렇지만 어머니의 눈에 생기가 돌고 유연의 빛살이 퍼지는 것은 손주들의 모습을 바라보실 때였다. 제 자리에서 제 몫을 다하며 성실하게 살아가는 손주들이 당신 등걸에서 돋아나는 새순임을 알아 대견해 하셨다.

　사람들도 겸손한 마음으로 순리에 따른다면, 앞을 향해 나아가는 발걸음에 조급증을 댈 필요도 없고, 낙화처럼 물러가야 하는 계절이 온다 해도 추하지 않게 양보할 수 있을 것이다. 그렇다면 빠름과 늦음의 차이는 꽃잎 하나가 달려있고 떨어지는 그 이상의 무슨 의미가 더 있겠는가. 그냥 쓸어버리기 아까워 모아두었던 꽃잎들을 버리면서, 자연의 질서란 거역할 수 없는 순환임을 다시한번 확인한다.

마음의 노트북

일기장이나 비밀장부 따위의 비망록 때문에 곤혹을 치르는 분들을 심심치 않게 본다. 사소한 개인적인 일에서부터 큼지막한 사회적인 사건에 이르기까지 그 사건의 진실을 가늠하는 일에 비망 기록이 등장하여 실왕설래히게 만들고 결국 뒷맛이 개운찮게 만드는 경우가 대부분이다. 세계적인 인물들이 인류사회에 영항을 끼치면서 살아온 자신의 생애를 다시 조망하면서 그렇게 살아온 사상의 뿌리와 역사의 뒷면을 공개하는 회고록을 쓴 경우는 그런대로 이해할 수 있지만, 조금도 자랑스러울 것이 없는 사건의 주역이나 연루자들이 궁금증을 이기지 못하는 사람들의 흥미꺼리로 자신들의 지저분한 사생활을 늘어놓고는 돈을 벌어들이려는 추태를 볼 때는 마치 우리 모두가 하수구에 빠진 기분이다.

원래 일기장이나 비밀 기록 따위는 타인에게 공개하기 위해서 기록하는 것이 아니고 자기 스스로의 진실을 지키기 위해서 쓰는 것이다.

자기가 겪어온 삶의 궤적을 다시 되돌아봄으로써 오늘의 삶을 더 바르게 살도록 스스로를 정리하기 위한 기록이다. 그러므로 어느 정도의 기간이 지난 개인적 기록들은 깨끗하게 없애는 지혜가 필요하다. 이렇게 없애는 결단을 내리지 못하는 기록은 곤란하다. 세상에는 공개해야 할 진실이 있고 공개해서는 안 되는 진실이 있다. 좀 더 비약한다면 진실이 모두 진실이 아닌 것이다.

우리가 갓난아기를 안고 나온 젊은 엄마를 만났을 때, 아기가 귀엽다거나 귀엽지 않거나에 상관없이 '귀엽다'고 말해야 한다. 그 아기가 객관적으로 정말 귀엽지 않게 생겼고 그러므로 진실을 말한다고 "아기가 밉게 생겼군요."라고 말해서는 안 되는 것이다. 결혼식장에 가서는 '예쁜 신부'라고 해야 한다. 갓난아기는 모두 귀엽고, 결혼식장의 모든 신부는 예쁜 것이다. 내가 느끼는 예쁘다, 귀엽다는 감정은 지극히 개인적인 판단이고 더욱이 예쁘다, 귀엽다를 외관적인 모양새에서만 찾을 수 없는 것이기에 더욱 그렇다. 이런 때는 내가 엄마나 신랑 신부 당사자의 입장에 서서 평가하는 것이 가장 안전한 평가이다. 이때 자기 속에 느끼는 감정을 진실이라 보고, 또 진실을 말해야 한다면 문제는 어려워진다. 말할 수 있는 진실이 있고 의심하고 부정해야 할 진실이 있는 것이다.

요즘은 남의 일이나 자기 일이거나를 불문하고 함부로 공개하고 노출해 버리는 세상이 되어가고 있다. 거기에 대개는 "진실을 말한다"는 표제를 붙인다. 그러나 이런 일이 많을수록 우리가 안게 되는 상처가 많아진다. 덮어두고 지나면 서로에게 행복한 일을 떠벌리고 노출시킴으로써 우리는 얼마나 많이 상처받고 괴로워해야 했던가를 생각해 보아야 한다. 진실이 모두 선하고 행복한 것은 아니다.

그런 면에서 우리는 마음의 노트북을 활용하는 일이 더 바람직하다. 이 마음의 노트북은 공개될 염려도 없고 또 썼다가 지우기도 쉽고 보관도 편리한 이점이 있다. 마음의 노트북은 요즘 각광받는 컴퓨터의 기능도 따라오지 못할 정도로 편리한 것이다. 언제 어디서나 열람이 가능하고 또 기록의 순서도 마음대로 바꿀 수 있다. 일기장이나 비망록에는 자칫 위선이나 왜곡된 기록으로 남을 가능성이 있지만 마음의 노트북에는 보다 자기 진실에 가까울 수 있다. 특히 자기 자신이 존재하지 않는 때와 장소에서 이것이 노출될 위험이 없다. 더 다행스러운 일은 그렇게 중요하지 않은 일들이나 혹은 괴로운 일들은 자연적으로 기록에서 사라질 수도 있다는 점이다.

그렇다고 해서 이 마음의 노트북이 완전한 것은 아니다. 그것은 말이라는 통로로 자주 공개되기 때문이다. 그러므로 말이나 글이나 간에 우리는 내 개인의 진실을 내세우기 전에 우리 모두의 진실, 타인에게 행복한 진실을 추구하는 기본적인 윤리관이 필요한 것이다.

해외에 나가서 산다는 기회를 이용해서 본국의 여러 가지 일이나 교포사회의 일에 원색적인 발언들이 나타나는 것을 흔히 듣고 보게 된다. 그러나 자신이 가진 진실을 다시 내 동족 모두의 진실에 비추어 보는 검증을 거쳐야 하지 않을까 싶다. 이 검증은 우리 마음의 노트북에서 할 작업이다.

삶을 제대로 사는 사람

　　나에게는 참 이상한 고정관념이 하나 있었다. 사회의 유명인사가 유명을 달리했다는 뉴스를 접할 때 그분이 많은 재산을 남겼다면 곧 '이 분은 자기 삶을 제대로 살지 못한 분이구나' 하는 생각을 들곤 한다. 그런데 나의 이런 생각들은 딱히 내세울 만한 이론적인 근거도 없는 막연한 느낌이어서 누구에게 섣불리 말할 수는 없다. 상식적으로 많은 재산을 남겼으니까 잘 산 분으로 인식되어야 하는데 왠지 나는 그 반대 생각에 붙들려 있는 것이다. 그렇다면 참으로 '제대로 살다 가는 사람'은 누구인가. 오랜 의문이기도 했다.

　　그러다가 중국의 수상이었던 주은래 씨의 부인, 등잉차오 여사의 죽음 소식을 접하고 비로소 그 의문에 관한 답을 얻었다. 등잉차오 여사는 중국이라는 거대한 국가의 수상 부인이었지만 평소에 입었던 단벌의 국민복을 수의로 입혀달라는 유인을 했다. 그래서 그녀에게 수의를 입히던 도우미 아주머니들이 너무나 낡고 헤어져 깁고 또 기운 옷을 발견하고 모두들 눈물을 흘렸다는 것이었다. 수상 부인이었지만 대다수 중국 국민처럼 가난한 삶을 함께 살았던 것이다.

신문 한 귀퉁이에 소개된 이 기사에서 나는 비로소 '제대로 살다간 사람'에 관한 의문의 대답을 얻었다. 많은 재산을 남기고 죽는 재벌들의 죽음에서 막연하게 느끼던, 그 뭔가 잘못된 삶인 것 같다는 의문에 대한 해답을 등잉차오 여사에게서 찾은 것이다. 그녀는 올바른 삶에 관한 바른 답을 보여주었다.

때때로 어떤 사물에 관한 명확하지 못한 인식이 상대적이거나 반대되는 사물과 비교함으로써 뚜렷한 인식을 얻는 일이 많다. 이 경우가 그랬다. 그 후로는 '제대로 살다가는 사람'에 대한 분명한 모습을 갖게 되었다고나 할까. 최근에 체코의 대통령 바츨라프 하벨이 선조로부터 물려받은 수백만 달러의 재산을 국가에 헌납하고 사회 소외계층을 위해서 쓰도록 했다는 기사를 읽었다. 여기서도 '제 삶을 제대로 사는 사람'이 있구나 싶었다. 하벨 대통령은 오랜 공산정권 후에 민선으로 처음 대통령이 된 사람으로서 청빈한 생활을 한 사람이다. 금년 1월에 죽은 부인이 가난한 국민들을 위해서 애쓰던 생애를 이어나가기 위해서 한층 더 과감한 결단을 내린 것이라 했다. 조상들이 남긴 막대한 재산이 그 대통령 대에 와서야 제대로 쓰였구나 생각했다.

한국에서는 한 할머니가 40년 동안 혼자 살면서 4남매를 대학까지 공부시켰고 팔순의 나이에도 9평짜리 시민아파트에서 뇌성마비의 막내 병수발로 여념이 없다고 했다. 그 모성이 주변 사람들에게 감동을 주어 그에게 장한 어머니상이 주어졌다는 기사였는데, 역시 자신의 삶을 성실하게 사는 아름다운 모습이 아닐 수 없다. 산다는 게 뭐 대단한 것이 아닌 이렇듯 겸손하게 타인들의 아픔과 더불어 사는 게 진정한 삶이 아닌가 싶다.

나는 여기서 언급하고 싶은 것이 있다. 이렇게 제대로 살다 가는 사람들 중에 여성이 많고 또 여성이 관련되어 있는 경우가 많다는 점이다. 비록 사회적으로 뛰어난 신분의 남성이라도 그 남성 뒤에 있는 여성의 역할이 결코 가볍지가 않다. 국가든 가정이든 거기에 소속되어 있는 여성이 어떤가에 따라 그 국가나 가정이 '제대로 사는 사회'가 되기도 하고 그렇지 않을 수도 있다는 것이다. 그런 면에서 그동안 물의를 일으킨 한국의 전직 대통령들의 부인들은 특별히 입을 열 처지가 아닌 것 같다.

지난달에 나성 이민촌에 연로한 여성 한 분이 타계하셨는데 여기저기서 고인이 살아생전에 어려운 사람들에게 남몰래 너그러운 도움의 손길을 주었다고 한다. 우리 주변에도 이렇게 제대로 자기 삶을 살다 가는 사람이 있다는 사실이 참 흐뭇하였다.

삶의 의미 꽃피우는 서정의 샘

鄭 木 日

(사)한국문인협회 부이사장
(사)한국수필가협회 이사장

1. 이민생활과 구원의 문학

미국에서 이민생활을 하며 창작활동을 해온 원로 시인이자 수필가이신 김문희 선생이 이번에 그의 삶의 궤적과 인생적인 성취와 경지를 담은 수필집을 선보이고 있다.

미국 LA에 정착한 지 30여 년 동안 김문희 선생이 이룬 업적 중의 하나는 한국문학의 해외 교두보를 건설하였다는 것을 간과할 수 없다. '한국문학'이란 한글로 쓴 문학작품을 말한다. 세계화시대를 맞아 현재 해외에 살고 있는 이민 한국인이 700여 만 명으로 추산되고 있다. 이 중 해외에서 모국어로 문학 활동을 하는 문인의 수는 얼마나 될까? 극히 미약한 상태이다.

중국, 일본인의 경우엔 세계 각지에서 이민으로 살아가지만, 모국어를 잊지 않고 철저히 익혀 가정에서 사용하고 있다. 한국인의 경우에는 1.5세만 되면 한국어를 잃어가는 경우가 많아 조손(祖孫) 간의 언어소통이 원활하게 이뤄지지 않고 있는 실정이다. 세계에서 가장 과학적이고 편리한 문자인 '한글'을 소유하고 있으면서도 해외에서 제대로 계승되지 않고 있음은 통탄할 일이다. 민족문화에 대한 자긍심과 소중함을 미처 깨닫지 못하는 데서 일어난 무지의 소산이 아닐까 한다.

현재 해외에서 한국문학 활동을 보이는 지역은 미국, 중국 연변, 호주 지역을 들 수 있다. 이 중에서 미국 LA는 한국인이 가장 많이 살고 있는 곳으로 한국문학의 해외 선진기지가 되고 있다.

김문희 선생은 LA를 중심으로 한국문학의 세계화를 위한 개척자의 한 사람이다. 한국문학의 텃밭을 만들고 씨를 뿌린 사람 중의 한 사람이다. 재미시인협회, 재미수필문학가협회, 미주크리스찬문인협회, 국제펜클럽미주연합회 창립에 주도적인 역할을 담당했다.

김문희 선생이 미국 이민 30여 년 동안 전심전력으로 노력해 온 것이 해외 한국문학의 개척이었다. 이번 시집과 수필집 간행에 앞서, 한국문학에의 사랑과 발전을 위한 헌신을 기억하면서 그의 문학정신을 찬탄하지 않을 수 없다.

김문희 선생의 연보를 보면 1986년 〈한국수필〉지를 통해 수필가로

데뷔하였고, 1987년 〈시문학〉지를 통해 시인으로 등단했음을 알 수 있다. 김문희 선생은 2007년 11월 말경 서울 소공동 프레지턴트 호텔에서 시집 〈당신의 촛불켜기〉(문학수첩) 출판기념회를 개최한 일이 있었다. 필자도 그 자리에 참석하였다. 행사의 마지막 순서로 들려준 '저자의 인사말'을 기억하고 있다.

"이민생활의 고달픔을 문학으로 이겨낼 수 있었으며, 좌절할 때마다 나를 일으켜 세운 구원의 문학이었다."

해외 이민생활을 해나가는 데 문학이 등불이 되고 구원이 되었다는 말이 인상 깊었던 자리였다.

2. 삶 의 목 리 문 과 깨 달 음 의 꽃

김문희 선생의 수필 25년의 목리문(木理紋)을 본다는 것은 짐작하기 어려운 일이다. 더군다나 태평양 건너 해외에 이식한 나무이니만큼 기후와 토양이 다른 환경에 뿌리를 내리고 적응하기까지 오랜 시련과 고통을 수반하지 않을 수 없다. 나무는 어디에 뿌리를 박던 자신이 선 자리를 우주의 중심점으로 삼아 최선의 삶을 펼쳐나간다. 자신이 터득한 삶의 발견과 의미를 일 년에 한 줄씩 나이테에 압축하여 그려 놓는다. 이 나이테 무늬가 아롱져서 연륜이 깊어질수록 일생을 수놓은 한 폭의 추상화는 깊이와 경지를 가질 것이다.

김문희 선생이 수필로 수놓은 목리문을 들여다본다. 수필은 삶의 고백이며, 인생의 토로이다. 삶의 발견과 의미를 부여한 글이기에 자신의 삶을 거울에 비춰놓은 모습이랄 수 있다. 시나 소설처럼 픽션이 아닌 논픽션이기에 사실과 진실의 모습이 선명하다.

김문희 선생의 수필에서 크게 두 가지 모습이 보인다. 삶의 기록이란 성격이 강한 수필과 체험을 통한 인생의 발견과 의미를 담은 수필이다. 전자는 문학성보다는 기억의 확대로서 기록의 중요성을 수용한 글이며, 후자는 체험을 통한 인생 발견과 의미의 확대를 통해 문학성에 치중한 글이다.

'미국 이민생활의 삶'을 보여주는 목리문의 핵심에는 무엇이 있을까? 나무의 생명성이 되는 것은 햇빛과 물일 것이다. 저자가 가꾸는 삶의 핵심엔 무엇이 존재할까. 아마도 '서정의 샘'이 아닐까 한다. 저자의 삶은 크게 한국에서의 삶과 이민자로서 미국에서의 삶으로 전, 후반의 삶이 나뉘어져 있다. 한국의 삶은 순수한 자연정서와 정의 교류가 있었던 삶이라면, 미국의 삶은 안정된 환경이지만 시행착오와 불편과 정서와 소통의 불감증을 앓아야 하던 삶이었다. 미국 이민생활에선 물질적인 부유보다 감성과 정서의 결핍을 더 느끼곤 했다. 이민자의 낯설음과 소통의 어려움 등 불안과 고통이 있을 적마다 마음의 위로와 용기를 불러일으키는 치유와 해소법으로서 문학은 좋은 처방전이 돼주었다.

3. 삶의 활력 안겨주는 서정의 샘

그것은 처음에 아주 가늘고 세미한 음성, 다시 말하면 외오라기 명주실같이 가늘고 부드러운 음률로 시작한다. 그것은 꿈결과 현실의 경계선에서 만나는 의식의 우윳빛 한계 같기도 하고, 어둠을 헤치고 동녘 산그늘 위로 차츰 나타나는 여명의 여린 빛깔 같기도 하다.

아침 새소리는 그렇게 시작한다. 그러나 초봄의 싸늘한 아침 6시쯤이면 벌써 숲의 새소리는, 쏟아지는 폭포 물소리처럼 자욱한 교향악이 되고, 유리창 틈을 지나 커튼 사이를 헤집고 아침 실내로 넘치듯 들어온다. 작고 얇은 '순은의 종'이 울리는 소리 같기도 하고, 아득한 해안에서 들려오는 해조음을 듣는 것 같기도 하다.

나의 아침잠은 그 맑고 아름다운 새소리들에 밀려서 엷어지다가, 마치 높은 산봉우리에 첫 햇살이 번지듯 첫 하루 현실의 눈이 떠진다.

아침마다 듣는 새소리지만 매일이 다르다.

여름날 아침의 새소리는 소낙비처럼 시원하고, 겨울 아침의 새소리는 산타클로스의 사슴이 울리는 방울 소리처럼 싱그럽다. 또 봄날 아침에는 갓 피어난 안개꽃처럼 부드럽고 자욱한가 하면, 가을 아침에는 먼 광야를 건너며 불고 가는 바람 소리처럼 가슴에 애수를 불러일으킨다.

어느 때 나는, 아침잠에서 깨어난 채 누워서 한동안 새소리를 들으며, 정말 저 새들은 무슨 의미로 저토록 지저귀는 것일까를 상상해 보곤 한다.

하루 삶을 위해서 출근을 서두르는 남편새와 등교하는 아이새들, 그리고 그들을 준비시켜 내보내는 아내새의 바쁜 아침 대화일까? 아니면 밤새 침묵 속에 가라앉아 있던 목소리를 틔우는 음정 조절일까? 그도 아니면,

"너 일어났니?"

"잘 잤니?"

서로서로 가볍게 나누는 아침 인사들일까?

투명한 아침 대기를 잘게 쪼며 들려오는 새소리는 어느새 내 육신의 세포들을 하나하나 열고, 모세혈관들이 일을 시작하게 하고, 맑고 개운한 기운이 솟아오르게 한다.

머릿속은 정한수에 씻은 듯 말끔해지고 마치 무중력 상태의 우주인처럼 가볍게 잠자리에서 일어나는 것이다. 그리고 지체 없이 창문을 열고 신선한 아침 공기를 폐부 깊숙이 들이마시고, 마치 만세를 부르듯 기지개를 켠다. 아침에 작은 새들과의 상면을 그렇게 치르곤 했다. 그것은 피곤한 도시 생활에 젖은 내 삶에 자연의 숨결을 느끼게 하는 유일한 창구였다.

그런데, 그 새소리가 떠나가 버렸다. 말하자면 나의 아침의 유쾌한 시

작, 혹은 내 하루의 창세기가 사라진 것이다. 그것은 옆집에 새로 이사 온 스칸디나비아계 사람으로 보이는 부부가 데리고 온 어마어마한 다섯 마리의 개들 때문이었다. (중략)

그 후 한 열흘이 지났을까? 오후에 잠깐 나갔다가 돌아오는 나를 마치 기다렸다는 듯이 그녀가 나에게 손짓을 하며 다가왔다.

"새소리를 들을 수 없는 이유를 알았다."면서 며칠 후면 당신과 내가 새소리를 들을 수 있을 것이라고 말하는 게 아닌가!

어찌된 거냐고 묻는 내게 자기 집의 다섯 마리 개는 로스앤젤레스 같은 도시에서 사육하기가 너무 부적당해서 베이커스필드 근교의 과수 농장에 살고 있는 사촌집으로 보내기로 했으니 우리의 뒷숲 새들이 곧 돌아올 것 이라는 것이다.

나는 그때 진심으로 그녀의 호의에 감사했다. 저녁에 나는 갈비를 구워 들고 그녀네 현관문을 두드렸다.

"당신의 집 다섯 마리의 개들에게 내 우정을 표하고 싶다."

의아한 표정으로 나를 맞는 그녀에게 말하면서 갈비를 전했다. 이번에 는 그녀가 진심으로 고마움을 표시하는 것이었다.

이렇듯 우여곡절을 겪고는 비로소 우리집의 뒷숲 조류보호구역은 다시 평화를 되찾았다.

오늘 아침도 나는 느긋이 누워서 이른 아침의 새소리를 듣는다. 그것은 말없는 나무들의 겨드랑이를 간지럽히며 뛰어다니는 어린 새들의 이른 아침 웃음소리임에 틀림이 없었다.

나는 그때마다 입 속에서 중얼거린다.

"Thank you Mrs. Dunkun! 그리고 돌아온 새들아!"

—〈돌아온 아침 새소리〉

〈돌아온 아침 새소리〉는 서정수필로서의 면모와 효용성을 잘 보여 준 글이다. 자연에 대한 발견과 감성이 치밀하고 섬세하다. 마음에 서정의 샘이 있어서 뿜어 오르고 있다. 이 샘이 있기에 마음에 묻은 탐욕이란 때와 화냄이란 얼룩과 어리석음이란 먼지를 깨끗이 씻어낼 수 있다. 무엇보다 마음이 맑아야만 보이지 않는 내면의 모습과 소리를 보고 들을 수 있다. 스스로 마음을 닦아 정화의 힘으로써 어려움과 고통을 극복해낼 수 있다. 저자가 '구원의 문학'이라고 한 것도, 정서의 힘을 지칭하는 말이다.

'돌아온 아침 새소리'의 서두 부문만 봐도 '왜오라기 명주실같이' '꿈 결과 현실에의 경계선에서 만나는 의식의 우윳빛 한계 같기도 하고' '여명의 여린 빛깔 같기도 하다'는 직유법 구사는 시적인 어감과 음률로 섬세하고 예민하게 자연을 포착하고 형상화해 낸다.

'어느새 내 육신의 세포들을 하나하나 열고, 모세혈관들이 일을 시작하게 하고, 맑고 개운한 기운이 솟아오르게 한다. 머릿속은 정한수에 씻은 듯 말끔해지고 마치 무중력 상태의 우주인처럼 가볍게 잠자리에서 일어나는 것이다.’

아침 새소리로 인해 마음속 정서의 샘에 정한수가 솟아올라 말끔해진 정신으로 하루를 여는 힘이 되고 있음을 본다. ‘서정의 샘’이란 삶에 지친 육신을 일으켜 세우고, 마음을 순수로 채워 새로운 힘이 솟게 만들며, 어떤 고통에도 굴하지 않는 용기와 자신감을 안겨준다.

김문희 선생의 수필은 ‘서정의 샘’을 통해 마음과 넋까지 맑음을 채워주고 순수로 돌아가게 만드는 힘이 가장 큰 효용가치가 아닐까 생각한다. 수필은 꾸밈없는 인생의 반영이므로, 수필의 경지는 곧 인생의 경지이다. 인격에서 향기가 나야 문장에서도 향기가 날 수 있는 법이다. 김문희 선생이 삶을 통해 얻은 ‘마음의 정한수’는 곧 순수 지향의 서정에서 솟아오른 분수로서 독자들에게도 마음의 먼지를 씻어주고 영롱한 무지개를 떠올리게 해준다.

자연의 정서를 안겨주던 ‘아침 새소리’가 사라진 사건이 발생했다. 옆집에 새로 이사 온 스칸디나비아계 사람으로 보이는 부부가 데리고 온 어마어마한 다섯 마리의 개들 때문이다. 작자는 개를 기르는 부인과 만나 대화를 나누던 차에 “요즘에 나는 숲에서 야생으로 자라는 새들의 노랫소리에 취해 있었다.”고 말한 것이 계기가 되어 열흘 후에 다시 새소리를 들을 수 있게 되었다는 놀라운 얘기이다. 옆집 부인이 다섯 마리 개는 로스앤젤레스 같은 도시에서 사육하기 너무 부적당해서 베이커스필드 근교의 과수 농장에 살고 있는 사촌 집으로 보내기로 했다는 것이다.

〈돌아온 아침 새소리〉는 서정의 힘, 감성의 노래, 삶의 감동을 보여준 흐뭇한 수필이다.

4 . 인 생 발 견 과   의 미 부 여

나는 차에서 내려 찬찬히 살펴보았다. 큰 생나무 울타리 아래에서 충분한 햇볕을 못 본 탓인지 코스모스 줄기는 가늘고 연약했다. 곁가지도 없이 자라서 끝에 가서야 겨우 서너 개의 가지를 내고 있었다. 그리고 그 가운데 가지에서 첫 꽃을 피워내고 있었다. 아침저녁으로 뿜어내는 스프링클러의 물줄기마저도 공교롭게 코스모스 주변에는 미치지 못했는지, 땅은 파실파실 메말라 있었다. 그 메마른 땅에서 떨어진 한 알갱이 코스모스 씨앗이 몸부림치며 필사적으로 잎을 틔우고 꽃을 피운 것이다. 그 누구를 위해서 그토록 목마른 여름을 견디며 지금 꽃피고 있는 것인가?

나는 그 자리에 차를 세워둔 채, 집 뒤뜰에 뒹굴고 있는 물뿌리개를 찾아서는 가득히 수돗물을 받아서 그 목마른 코스모스에 물을 듬뿍 주었다.

물뿌리개 끝에서 분수처럼 떨어지는 물줄기를 받으면서 갓 피어난 코스모스 꽃송이는 파들파들 물 무게를 이기지 못해서 떨었다. 그러나 한 통 가득했던 물이 코스모스 뿌리 밑으로 흥건하게 잦아들자 마치 오랜 잠에서 깨어난 공주처럼, 아침 햇살 속에서 더욱 청초하게 빛나는 모습으로 바뀌었다. 그리고 마치 발견해 주어서, 아니 사랑해 주어서 고맙다는 듯이 몸을 흔들었다.

그 아침 이후, 나는 아침저녁으로 물을 주었고 어제 아침까지만 해도 여섯 송이의 꽃을 피웠다. 그런데 아뿔싸, 뉘 알았으랴! 지난 금요일 낮에 정원사가 왔던 모양이다. 울타리 주변이 말끔히 청소된 것까지는 좋았는데, 며칠 동안 그 애지중지 보살펴온 코스모스도 여지없이 뽑혀버리고 없었다. 나는 잠시 아연했지만 그 정원사가 며칠 동안 코스모스와 나 사이에 있었던 그 애틋했던 사랑을 어찌 알랴 싶었다. 그런 한편으로 '무슨 정원사기 꽃과 잡초를 구분도 못한담?' 은근히 화가 났다. 그러나 화요일 아침에 나타난 정원사는 태평스럽게 말했다.

"에이, 사모님도, 아 패티오 난간에 그렇게 꽃이 많은데, 뭘 그까짓 코스모스 한 포기 땜에 그러세요?"

오히려 핀잔이었다.

나는 망연히 패티오의 난간에 피고 있는 임패시안(Impassian)의 꽃들을 바라보았다. 거기에는 갖가지 색깔로 무수히 꽃들이 피고 있었지만, 거기에 진정한 꽃은 없어 보였다.

　나는 그날 아침, 의미 없는 꽃은 이미 꽃이 아니라는 것을 알았다. 그 존재에 대한 그 누군가의 의미부여가 있을 때 그것은 진정 꽃다운 꽃이 되는 것 아닐까?

-〈비명(非命)의 코스모스〉 일부

〈비명의 코스모스〉는 시들어가는 단 한 포기의 코스모스를 발견하고 물을 주어 살려낸 것인데, 정원사가 이를 뽑아내버린 것을 보고 망연자실에 빠진 저자의 심회를 담은 작품이다.

이 작품에서 작자는 '의미부여에 대한 발견'이 돋보인다. 작자와 정원사의 한 사물을 보는 관점의 차이가 코스모스의 생사를 갈라놓고 말았다. 관점이란 의미부여에 따라 천차만별로 달라질 수 있음을 보여준다. 수필은 인생이란 의미의 깨달음의 꽃을 피워내는 일이 아닐 수 없다. 김문희 수필에서 체험의 기록만이 아닌 사소하고 보잘 것이 없는 작은 일에서도 '의미부여'를 통해서 금 사래기를 잘도 찾아내며, 눈이 빛나는 것은 '의미부여'라는 상상과 창조의 마음으로 보기 때문이다.

5. 삶의 재충전을 위한 문학기행

　김문희 선생의 수필엔 기행문이 많이 포함돼 있다. 수필집 서문에서도 '이 수상들은 로스앤젤레스에서 살면서 산호세, 샌프란시스코, 맘모스레이크 등을 오가며 느꼈던 내 삶의 편린들이다.'고 하였다. '오가면서 느꼈던 내 삶의 편린'이란 꼭 기행문만을 한정한 말은 아니지만, 어찌 보면 인간은 어디서 왔는지도 모르게 태어나, 어디로 가는지도 모르게 죽음을 향해 가야하는 존재이다. 그러므로 길 위에서 태어나 길 위에서 배우며 길에서 떠나는 숙명을 지녔다.

　작자가 언급한 것은 여행, 기행을 말하는 것이고, 삶에 활력과 기분 전환을 가져오게도 한다. 더군다나 작가에게는 자연이나 역사와의 만남과 소통을 위해서 많은 여행과 기행이 필요하다. 역사가 일천한 미국에선 고적지나 문화유산을 찾기보다는 국립공원과 같은 대자연의 신비와 경관을 찾아보는 게 적격이 아닐 수 없다.

　로스앤젤레스에서 5시간 운전해서 만난 맘모스레이크의 숲은 안개 속 어둠에서 꿈틀거리는 용마의 모습이었다. 캘리포니아 모하비 사막을 남북으로 뻗어있는 395번 도로를 달리다보니 어스름 저녁이 되고 있었다.

　갈증의 세월이 바위로 쌓여 있는 모하비 사막을 지나 그 사막의 끝에 이르면 쌓이고 쌓인 절망이 소금으로 남아 있는 소금바다를 만난다. 멀리서 바라보면 다이아몬드처럼 빛나 허겁지겁 달려가 보면 짠물이 질척거리는 속에 소금 덩어리들이 여기저기 굴러다니고 있어 우리네 행복도 멀리서 보면 다이아몬드 같고 가까이서 보면 한낱 돌멩이였다는 평범한 진리가 가슴 한쪽에 자리한다. 어떠한 이름도, 어떠한 욕망도 깨끗이 표백되는 곳.

달려온 세월이 비로소 멈추는 죽음의 계곡, 데스벨리에서 나는 사람도 잠시 지나가는 철새라는 생각을 한다. 저녁해는 흐린 하늘 속에서 희미하게 빛을 흩어 내리고 있었다.

올드 맘모스 시내를 향해 들어가는 203번에 이르자 시야가 뿌옇게 흐려지더니 안개가 뭉게뭉게 밀려왔다. 반대편에서 달려오는 차에 밀려나 조금씩 걷히기도 했으나 금방 지척을 알아볼 수 없을 정도로 덮여 버렸다. 달리면 달릴수록 안개의 중심으로 들어가는 듯 농무는 더 심해졌다.

반대편에서 이따금 헤드라이트가 유령의 불처럼 나타났다가 차체만 겨우 내보이며 뒤편으로 사라지곤 하였다. 천지사방 안개뿐으로 아무 것도 보이지 않는, 외부와 단절된 채 미궁 속으로 빠져드는 것 같은 기분이 들었다.

─〈맘모스레이크, 그 통나무집의 안개〉 일부

〈맘모스레이크, 그 통나무집의 안개〉는 기행수필의 면모를 보여준다. 대개 기행문들이 출발에서 귀환까지의 여정에 따른 견문(見聞)과 느낌을 기록하는 데 치중하는 일면이 있지만, 저자의 경우엔 자연이나 절경지에서의 찬탄과 감성의 토로에 그치지 않고, 인생에 대한 발견과 깨달음 및 의미를 찾아내고 있다. 섬세한 시각과 관찰과 사유로 빚어낸 인생 통찰과 자연과의 교감과 소통을 보여준다. 그러므로 저자의 기행문을 읽으면 휴식과 온유와 정서를 느낀다. 삶의 본질과 중심을 찾게 하고, 피로에 지친 삶을 충전할 시간을 갖게 해준다. 이런 여유와 배려, 발견과 깨달음이 김문희 수필을 읽는 하나의 즐거움이랄 수 있다. 그는 미국 이민생활 30년을 보내면서 마음속에 '문학'이란 마르지 않는 서정의 샘물이 있었기에 어떤 고난과 어려움도 극복할 있었다. 미국 이민생활의 진솔한 모습을 담은 이번 수필집 출간을 축하하며 저자의 건승과 건필을 빈다.